U0031572

多多羅 著 心傳奇工作室 繪
神探邁克狐
黃金水的祕密
3
千面怪盜篇

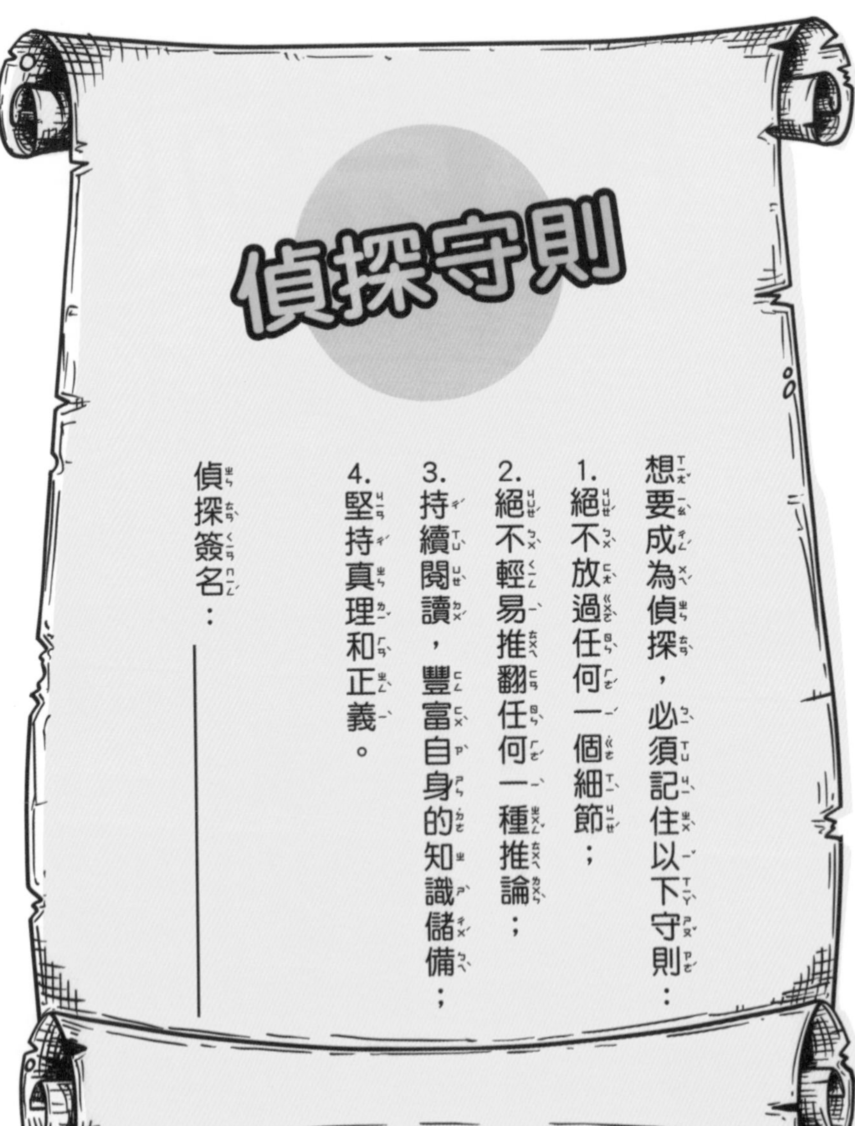
偵探守則
想要成為偵探，必須記住以下守則：
1.絕不放過任何一個細節；
2.絕不輕易推翻任何一種推論；
3.持續閱讀，豐富自身的知識儲備；
4.堅持真理和正義。
偵探簽名：

請貼上你的照片吧！

姓名：

年齡：

我的優點：

我的缺點：

我喜歡的東西：

我討厭的東西：

我的夢想：

性別：男　種族：白狐

總是說著「任何罪惡都逃不過我的眼睛」的大神探，屢屢破獲奇案。

聰明帥氣，風趣優雅！悄悄告訴你，他最喜歡吃的就是棒棒糖，因為糖分能讓他的大腦轉得更快！

千面怪盜

性別：不詳　種族：不詳

被迷霧籠罩著的暗夜怪盜，沒有人知道他的名字、他的種族，甚至沒有人知道他到底是男是女。每次出現，他的偽裝都天衣無縫。他收集藝術品的目的是什麼，沒人知道。邁克狐和他的較量持續中。

啾颯

性別：男　種族：啾啾族

從啾啾島來到格蘭島打工的啾啾族水鳥，一開始不會講動物通用語的小可愛。雖然身體小小的，卻擁有大大的勇氣與智慧。

豬警官

性別：男　種族：麝香豬

比起「杜克・嘟」這個名字，更習慣讓大家叫自己「豬警官」，因為顯得更親切。豬警官是格蘭島警察局的主力警官，奔波於各個案發現場。雖然不是很聰明，但是富有正義感，在邁克狐探案過程中提供了強而有力的幫助。

目錄

CONTENTS

01

桃紅珊瑚保衛戰

格蘭島南端有個美麗的海灘，海灘邊的大海裡有一座美麗的別墅，別墅裡住著這片海域最出名的富豪——章魚八爪先生。八爪先生有個了不起的寶貝，可是他不知道，他的寶貝已經被人盯上了。

神探邁克狐不喜歡游泳，因為水會把他弄得濕漉漉的，身上潔白的毛也會因為水變得亂蓬蓬。

可是千面怪盜這次的目標居然在海裡，神探邁克狐只好脫下自己喜愛的格子風衣，換上專業的潛水服，摘下帥氣的貝雷帽，戴上笨重的潛水頭盔，和興奮的啾颯一起，一頭鑽進了蔚藍的大海。

海裡的世界真是與陸地完全不同啊！邁克狐一邊游一邊四處張望。透明的海水就像藍色的果凍一樣包圍著自己，水草隨著水波搖曳，各種魚在彩色的珊瑚礁之間繁忙地游來游去。

正當邁克狐專心欣賞海洋景色的時候，啾颯興奮地拉住了他的手。

「啾啾！（快看！）」

邁克狐向前一看，大陸棚上的一座水晶別墅就像寶石一樣在他們面前閃爍。

看來，目的地到了。

邁克狐和啾颯一游過去，水晶別墅的玻璃門就唰地打開了。

一條和善的海魚驚喜地說：「啵啵啵，是神探邁克狐和他的助手來了！」

原來是水晶別墅的管家——胖胖魚阿姨——出來迎接神探邁克狐和啾颯了。她把邁克狐和啾颯帶到水晶別墅的大廳。這裡可真美啊，四處點綴著耀眼的夜明珠和寶石，讓整個水晶大廳閃爍著五顏六色的光芒。大廳正中央的展示臺上擺放著一個被雕刻成鑽石形狀的玻璃罩子，罩子裡面是一根桃紅色的珊瑚。

邁克狐注視著那根美麗的珊瑚，思索著：「看來，它就是千

面怪盜這次的目標了。」

這時，轟隆隆、轟隆隆的聲音響起，隨著水流的攪動，一個身影從展示臺後面慢慢浮了上來。一隻腕，兩隻腕，三隻腕，四隻腕……八隻腕，是八爪先生來了。

八爪先生將整副身軀和八隻腕都盤在罩子上，說：「大名鼎鼎的神探邁克狐，你這次來找我，是為了我的寶貝嗎？」

邁克狐點點頭，從袋子裡掏出一張經過防水處理的預告信。

八爪先生伸出一隻腕，將那張預告信捲到面前，讀道：「格蘭島南部的水晶宮因桃紅珊瑚而璀璨，而我的到來會讓水晶宮失去它的顏色。不知大名鼎鼎的神探邁克狐做好準備了嗎？」

八爪先生一讀完，先是像觸電一般把預告信扔得很高，然後

用八隻腕把鑽石形的罩子纏得緊緊的。他生氣地說：「我絕對不會讓那個什麼千面怪盜偷走我的寶貝！你們說對嗎？」

「對！如果他來了——」

「就讓他想跑也跑不掉！」

啾颯被忽然出現的聲音嚇了一大跳，轉頭一看才發現是烏賊大哥和電鰻小弟站在大家身後。

八爪先生自豪地說：「我有世界上最厲害的保鑣——烏賊大哥和電鰻小弟——幫忙，那個千面怪盜一定不會得手！」

邁克狐搖搖頭，說：「可是，千面怪盜的技巧非常高明，我認為——」

邁克狐還沒說完，八爪先生就舉起一隻腕搖晃著，表示不想

再聽了。八爪先生自信地說：「沒問題，我相信我的保鑣兄弟！只要烏賊大哥噴出黑漆漆的墨汁，誰也無法在海裡找到方向。電鱝小弟能在一瞬間放出高壓電，只要千面怪盜闖入，電鱝小弟就能把他電成傻子，哈哈哈！邁克狐，有他們在，就別擔心了。快來欣賞一下我這水晶別墅的美景吧！胖胖魚阿姨，快帶神探和他的助手去參觀吧！」

真的這麼安全嗎？

邁克狐搖搖頭，還是不放心。可是當他準備到桃紅珊瑚前再觀察一下時，卻被一臉凶神惡煞的烏賊大哥和電鱝小弟擋住。緊接著，胖胖魚阿姨滑膩膩的魚鰭一把抓住邁克狐，邊說邊把他往後院拖。「哎喲——大神探，快來欣賞我們水晶別墅的風光吧！」

「可憐」的邁克狐就這樣被拖走了，但是他不會放棄任何一個機會。

沒走多遠，邁克狐便說怕耽誤胖胖魚阿姨的工作，要自己隨意逛逛別墅，等胖胖魚阿姨游開後，邁克狐趕緊附在啾颯的耳邊，悄悄說：「啾颯，等下你去引開保鑣，我過去安裝一個防盜機器。」

「啾啾，啾！（好的，沒問題！）」

水中是啾颯的地盤，只見他一個翻滾，像炮彈一樣往前衝。

「啾啾——！」

「是誰？」烏賊大哥聽到動靜果然上當了，只見他噴射出一股水流，咻的一下追著啾颯離開了。眼看展示臺周圍沒人，邁克

科學小站

電鱝

電鱝是一類棲居在海底的魚，牠的背部長了一對小眼睛，就位於頭部中間。最大的特色是牠能夠放電喔！電鱝身上有特殊的發電器，排列成六角柱體，叫「電板柱」。在神經脈衝的作用下，這兩個放電器就能把神經能轉換為電能，放出電來。電鱝能掌控放電的時間和強度，這可是牠用於捕食和自我保護的最強武器！對了，電鱝的放電特性還啟發了人類發明並創造出能儲存電的電池喔。

狐上前正準備安裝防盜機器，身後卻傳來一個聲音。

「哼，不請自來的大神探，現在還想來搶我們的工作？你就好好睡一覺吧！」

糟了，是電鱝小弟！邁克狐還沒來得及說話，一陣令人又麻又痛的電流通過他的全身，邁克狐兩眼一黑，昏了過去。

而啾颯那邊，只見烏賊大哥先將海水吸進自己的身體，再從身後噴出去，像火箭噴射器一樣颼颼地快速接近啾颯，惹得啾颯驚慌大叫：「啾，啾啾！」

沒過一會兒，啾颯就被烏賊大哥從身後抓住了腿，然後烏賊大哥用靈活有力的觸腕狠狠地甩了啾颯腦袋一下。頓時，啾颯眼冒金星，接著便昏了過去。

烏賊大哥和電鱝小弟把昏迷的邁克狐與啾颯用水草隨意綑起，丟到一塊石頭旁邊，得意揚揚地討論起來。

烏賊大哥輕蔑地說：「哼，什麼大神探，什麼小助手，還不是被我們收拾了？」

他們不知道的是，這一切都被一雙藏在暗處的眼睛看到了。

天色漸漸變暗，海裡失去了陽光的照耀，變得黑漆漆的。水晶別墅裡，夜明珠一顆一顆亮了起來。大廳中央那個華麗的鑽石形玻璃罩裡，桃紅珊瑚在柔和的光芒下顯得特別美麗。

烏賊大哥和電鱝小弟在展示臺周圍游來游去，八爪先生只是來看了一眼，就放心地離開了。

安靜的夜裡，只有陣陣水聲迴盪。

烏賊大哥無聊極了，吩咐道：「小弟，我先在旁邊打個盹，有狀況記得叫我！」

電鰻小弟嘟囔著說：「唉，又是我一個人上班了。」

當烏賊大哥所有腕都舒服地貼在地面上，睡得正香的時候，他忽然感覺到有東西在戳自己。

「誰啊？」烏賊大哥並未睜開眼睛。

那個東西又戳了他兩下。

「煩死了！」烏賊大哥憤怒地睜開惺忪的睡眼，竟然看到自己的天敵——抹香鯨就在眼前。

「啊——！」烏賊大哥尖叫一聲，嚇得噗噗地噴出一股股漆黑的墨汁。

整個大廳頓時陷入一片黑暗。

可憐的電鰻小弟還沒反應過來，就被這墨汁裡的毒素毒得頭昏腦脹，差點翻了肚皮。

這時，一個胖胖的身影扔掉了抹香鯨面具，溜進黑暗中。

這一切都被及時趕來的邁克狐看到了。他大喊：「是千面怪盜！他扮成了胖胖魚阿姨的樣子！」

隨後啾颯跑到一旁，打開了房間裡巨大的螺旋裝置。咕嚕咕嚕，隨著海水流動，房間裡的墨汁逐漸被稀釋，「胖胖魚阿姨」的身影果然出現在大家的面前。

糟了，桃紅珊瑚已經落入「胖胖魚阿姨」的手裡！

「胖胖魚阿姨」哈哈一笑，身上那些厚重的偽裝頓時消失，變成了穿著潛水服的千面怪盜。

「哈哈哈哈，大神探，被隊友電暈的滋味舒服嗎？」

說完，千面怪盜打開自己的噴射裝置，快速往海面游去。

邁克狐游到驚魂未定的烏賊大哥身旁，說：「烏賊大哥，我知道你游得非常快，要追回桃紅珊瑚只能靠你了！」

邁克狐一說完，烏賊大哥立刻用腕足緊緊捲住邁克狐的身體，身後噴射出一道水箭，急速朝海面游去。

月光明亮，照得海面波光粼粼。

當邁克狐他們游出海面時，千面怪盜已經站在千紙鶴上，居高臨下地看著海面上的他們。

只見千面怪盜脫下潛水服，露出身上的魔術師服裝，笑得連

面罩下的眼睛都快看不見了。

他把美麗的桃紅珊瑚拿在手上，炫耀道：「哈哈，大神探，這次是你輸了吧？」

誰知邁克狐微笑著說：「千面怪盜，如果你只偷寶石和藝術品，那你就不該拿這根桃紅珊瑚。」

千面怪盜問：「哦？為什麼？」

邁克狐咧嘴一笑說：「因為珊瑚既不是寶石，也不是藝術品，而是由珊瑚蟲的屍體和分泌物堆積形成的東西。」

千面怪盜張大了嘴，結結巴巴地說：「什……什……什麼？蟲子……屍體……分泌物……」他忽然覺得手上的東西黏糊糊的，噁心極了。

他手一抖，桃紅珊瑚就掉了下去，幸好被邁克狐穩穩地接住了。

千面怪盜氣呼呼地說：「哼！雖然我這次沒拿走任何寶貝，但是你也沒抓住我。你沒輸，我也沒輸！我們下次再比！」說完，千面怪盜掉轉千紙鶴，往天邊飛去，消失在月光中。邁克狐搖搖頭，喃喃自語道：「下次，我一定會逮到你！」

後來，大家在水晶別墅附近的海溝裡找到了呼呼大睡的胖胖魚阿姨。八爪先生在別墅裡為神探邁克狐和啾颯準備了隆重的感謝晚會。

做了錯事的烏賊大哥和電鰻小弟在晚會上，老老實實認錯，誠懇地向邁克狐和啾颯道歉。不過邁克狐和啾颯並未把這件事放

科學小站

珊瑚

別看珊瑚長得像樹枝，其實它不是植物而是動物啾！珊瑚蟲要聚集在一起形成一大片珊瑚，珊瑚蟲利用觸手捕捉食物，然後經由消化腔消化吸收。消化腔還吸收海水中的鈣和二氧化碳，形成石灰質，也就是珊瑚蟲的軀殼。我們平時看到的那些美麗珊瑚，就是這些珊瑚蟲軟組織腐爛後留下的群體骨骼！別看珊瑚是由珊瑚蟲組成的，像紅珊瑚這一類漂亮的珊瑚，自古便被人類視為寶石！但跟我們常見的紅寶石、藍寶石不一樣，珊瑚是有機寶石啾！千面怪盜這次可是被邁克狐騙了啾！

在心上，畢竟除了抓住千面怪盜，最重要的就是品嚐那些與陸地不同的海底甜點了！

02 深夜診療室

夜晚，圓圓的月亮掛在黑漆漆的天空中，銀色的月光透過窗戶灑進了啄木鳥醫生的門診室。

工作了一整天的啄木鳥醫生扭了扭脖子，拍著翅膀飛到窗邊，欣賞窗外安靜又美麗的景色，腦中回想起早上的學術辯論大賽。

嚴肅頂尖的學術辯論大賽最後，評委站在臺上鄭重地說：

「我宣布，這次學術辯論大賽的冠軍就是——啄木鳥醫生！」臺下掌聲、歡呼聲不斷，大家注視著年輕有為的啄木鳥醫生上臺領獎。啄木鳥醫生接過證書，在臺上高興地說：「謝謝大家的支持，希望我們的研究成果能夠進一步的實踐——」

這時，一個聲音打斷了啄木鳥醫生的發言。「一年前，你的專案明明就失敗了！現在還敢說什麼實踐！」

貓頭鷹醫生的質疑引起一片譁然。原來，在學術辯論大賽上，啄木鳥醫生最終以一票之差贏得了勝利。一直以來，他和貓頭鷹醫生不僅是強大的競爭對手，也是相當有默契的夥伴。可是在一年前，他們因為意見分歧，再也沒合作了。

一陣風吹進門診室，將啄木鳥醫生的思緒拉了回來。不知怎

的，他忽然覺得有些不安。

突然，一個黑漆漆的影子從門的方向投射到牆上，朝啄木鳥醫生緩緩靠近。這個黑影張開尖尖的嘴，顫抖著伸出手，舉起了一個巨大的「槌子」。

砰！伴隨著一聲巨響，啄木鳥醫生直直地撞到了牆上！黑影後退了幾步，手裡的「槌子」啪的一下掉到地上，碎成一塊一塊。

醫院裡瞬間變得嘈雜，值班的動物們聽到聲響，紛紛議論起來。

「你們聽到聲音了嗎？」

「聽到了，好像是從門診室傳來的！」外面的燈接連亮起，黑影連忙撞開窗戶，逃了出去。

小小的門診室裡，只聽見滴答滴答的水聲。

格蘭島中心醫院外的警笛作響。邁克狐從家裡急忙趕到醫院的時候，啄木鳥醫生仍然處於昏迷狀態。為了不破壞門診室現場，豬警官聽從邁克狐的指示，特地在周圍拉起一圈黃色的警戒線。

邁克狐小心翼翼地進入門診室，拿出他的放大鏡仔細觀察四周。

他走到被撞開的窗邊探出頭往下看，沒有任何摔倒後被破壞的痕跡。門診室裡什麼可疑的東西都沒有，只有地面濕漉漉的，仔細一看，似乎還有幾塊碎冰和一些小小的白色顆粒。

邁克狐的腦海裡閃過一個猜測，為了證實這一點，他伸手捏起這些顆粒，伸出舌頭輕輕舔了一下，皺了皺眉，隨後露出了神祕的微笑。

警戒線外的豬警官看著邁克狐從這裡走到那裡，一會兒翻翻這個，一會兒蹲下來看看那個，著急地揮舞著蹄子大喊：「邁克狐，找到線索了嗎？」

邁克狐低下頭，眼鏡片反射出白色的光芒。他回答：「當然，任何罪惡都逃不過我的眼睛。豬警官，麻煩你幫我召集所有今晚在醫院值班的人員。」

當晚值班的貓頭鷹醫生和燕子護理師，以及在服務臺接待的

松鼠小姐，被豬警官帶到小小的休息室。

沒等邁克狐開口，燕子護理師就忍不住用翅膀捂著臉，啜泣了起來。「究竟是誰這麼狠心……我和啄木鳥醫生已經一起工作一年了，啄木鳥醫生平時溫柔極了，從不曾得罪人，怎麼會被人襲擊呢？」

松鼠小姐伸出毛茸茸的爪子，用指尖摸了摸燕子護理師的羽毛，安慰她：「燕子護理師，別難過了，啄木鳥醫生一定會沒事的。」緊接著，她歪著腦袋說：「不過真是奇怪，今天晚上沒有任何病人預約，只有我和燕子護理師在聊天，沒想到居然發生這樣的意外。格蘭島中心醫院的保全設備很森嚴，外面的人應該沒辦法輕易闖入才對。」

「哦？」邁克狐扶了扶自己的金絲框眼鏡，稍微走近松鼠。「松鼠小姐，你是說，事發之前，你和燕子護理師都待在一起，對吧？」

松鼠小姐不明白邁克狐這麼問的意思，迷迷糊糊地搖了搖頭，又點點頭說：「距離現在……十分鐘，十分鐘前我們還在一起聊天呢。」

「那麼你呢？貓頭鷹醫生？」聽完松鼠的話，邁克狐馬上轉過頭，把問題拋給了一旁保持沉默的貓頭鷹醫生。

頓時，所有人的目光都集中了過來。

貓頭鷹醫生低著頭，微微張嘴，小聲地說：「今天晚上，我一直在做報告，準備明天的一場手術。我的門診室就在附近，一聽到聲響我就趕過來了。開門的時候，啄木鳥醫生已經倒在地上了。」

聽完貓頭鷹醫生的話，眾人再次陷入沉默。

邁克狐站起來，從口袋裡拿出一根棒棒糖放進嘴裡，自信地說：「凶手就是你們其中的一位。」

松鼠小姐、燕子護理師和貓頭鷹醫生都睜大了眼睛，難以置信地看著彼此。

邁克狐接著說：「而且，這個凶手用了一種非常特殊的凶器，那就是冰。冰不僅可以被鑿成各種形狀，還會融化，這樣一來，凶器就會消失，不會透露凶手的身分。我在啄木鳥醫生倒下的地方，發現了一大攤水，上面還浮著碎冰，顯然，凶手正是利用這個方法！」

這時，燕子護理師突然用翅膀捂住了嘴。她深吸了一口氣，看向貓頭鷹醫生，喊道：「天啊！是你！是你襲擊了啄木鳥醫生！」貓頭鷹醫生連忙擺了擺翅膀，著急地說：「燕子護理師，你在說什麼？怎麼可能是我呢？」燕子護理師的眼眶一下子就紅了。「我想起來了，一定是你，我完全明白了！」

燕子護理師急切地說：「今天晚上，整個醫院只有我們幾個人，而你是第一個發現啄木鳥醫生出事的！我親眼看到，兩個小時前，你走進啄木鳥醫生的門診室！如果你是用冰做案，那麼融化時間正好符合！你一定是因為嫉妒啄木鳥醫生早上贏得了比賽！沒錯，沒錯……這一切都串起來了，凶手就是你，貓頭鷹醫

生！」

大家都看向貓頭鷹醫生，只有邁克狐若有所思地盯著一臉焦急的燕子護理師，一言不發。

貓頭鷹醫生難以置信地搖了搖腦袋，「不……不是我！雖然我和啄木鳥醫生是競爭對手，但我從未怨恨過他。」

燕子護理師翹起尾巴，渾身的羽毛也豎了起來，高聲道：「那麼，今天晚上，又有誰能證明你一整晚都在辦公室裡做報告呢？這一切怎麼會這麼巧呢？」

「這……這……」貓頭鷹醫生支支吾吾，一句完整的話也說不出來。

這時，在一旁目睹所有經過的豬警官終於反應過來。「好啊，現在證據確鑿，你沒話說了吧，貓頭鷹醫生！」

就在豬警官正想用手銬銬住貓頭鷹醫生的時候，邁克狐突然伸手擋在貓頭鷹醫生的面前，同時大喊：「慢著！」緊接著，門外傳來一陣急促的聲音。

「啾啾——啾啾啾啾！啾啾！」

只見啾颯捧著一個小袋子從門口跑進來，他一個踉蹌，摔倒在地，一顆顆小冰塊從袋子裡嘩啦啦灑了出來。

邁克狐連忙走到啾颯面前，蹲下身子聽啾颯「啾啾啾」地說了一通，然後點點頭。

邁克狐站起來，對著燕子護理師嚴厲地說：「這袋冰塊不是從貓頭鷹醫生的房間裡找到的，而是在你的房間找到的，燕子護理師！」

燕子護理師瞪大了雙眼，「什麼？神探先生，你是在懷疑我嗎？我是被誣陷的！一定是貓頭鷹醫生把冰塊放到我的房間裡！」

說著，她一下子飛到了松鼠小姐的身邊，用翅膀抓住了她的爪子，著急地說：「松鼠小姐，你相信我對吧？我一直跟你待在一起，怎麼可能去做這樣的事？」

松鼠小姐迷迷糊糊地點點頭，又迷迷糊糊地搖搖頭，「是這樣沒錯。啊，說起來，案發十分鐘之前，你去了一趟洗手間。」

燕子護理師點點頭，解釋道：「沒錯，我當時去過洗手間，但是短短十分鐘的時間，冰塊怎麼可能一下子就融化成水呢？」

邁克狐看著燕子護理師，堅定地問：「如果雜貨店店員沒記錯，燕子護理師應該曾經在雜貨店買過十包食鹽吧？一般家庭下廚，怎麼會一次買這麼多包食鹽？」

這時，啾颯突然湊向燕子護理師的身邊，他摘掉了貝雷帽，在頭上紮了一條頭巾，然後抬起腦袋對燕子護理師咧嘴，露出了熱情的招牌微笑。

「怎……怎麼是你……」

燕子護理師吃驚地倒退了好幾步。原來，當時在雜貨店打工的店員，正好就是啾颯啊！

邁克狐從地上捏起一些亮晶晶的白色顆粒，對燕子護理師說：「案發現場除了碎冰，我還發現了鹽粒，而冰遇上鹽，會加

鹽與冰

水在攝氏零度會凝結成冰，冰在攝氏零度以上會融化成水。由於鹽水的凝固點低於零度，加的鹽越多，凝固點就越低，因此冰可以在溫度低於攝氏零度時就開始融化，因此，撒了鹽的冰當然會更快融化喔！

快融化速度。你襲擊啄木鳥醫生之後，沒想到失手讓冰掉到地上摔碎了，所以匆忙在冰做成的凶器上撒鹽，然後迅速逃到服務臺，企圖偽造不在場證明。燕子護理師，我說得對嗎？你這麼焦急，就是想擺脫自己的嫌疑吧。」

這下子，燕子護理師再也無力辯解，她咚的一聲坐在地上，渾身的力氣像是被抽光了。

「你說得沒錯，是我襲擊啄木鳥醫生的。一年前，我最心愛的一棵大樹生了重病，它雖然只是一棵樹，對我來說卻是最親密的朋友。所有人都告訴我，啄木鳥醫生的醫術很高明，一定能救活這棵樹。可是……」

燕子護理師突然抬起頭，眼神裡充滿了怨恨，接著說：「可

是，他沒有治好我的大樹，反而不久之後，大樹永遠離開了我。所以，我想辦法進入格蘭島中心醫院，當上護理師，就是希望能找機會為我的大樹報仇！」

這時，一旁的貓頭鷹醫生終於忍不住開口：「燕子護理師，那棵樹不是被啄木鳥醫生害死的。當時因為乾旱，那棵樹早就枯萎得差不多了，雖然我極力勸說啄木鳥醫生不要浪費時間，但他還是堅持為大樹檢查枝幹裡的害蟲。只不過已經於事無補。」

「你說什麼？」事情的真相居然是這樣！燕子護理師不禁摀住了臉，痛苦地啜泣出聲。

邁克狐嘆了口氣，和啾颯一起默默地離開了。

後來，啄木鳥醫生在充足的休養之後清醒了過來，並和燕子護理師達成和解。他們決定要一起守護格蘭島，不讓曾經的悲劇再次發生。

03

沒有過去的人

各位少男少女，請讓我聽見你們的尖叫聲，請揮舞手上的螢光棒，因為現在，格蘭島最紅、最有魅力的偶像來了！讓我們歡迎「天鵝王子」——糊糊！

你問我糊糊是誰？

天鵝王子糊糊是當前最紅、最有魅力的偶像，他既會唱歌，又會跳舞，格蘭島上的少男少女都為他尖叫、為他瘋狂。糊糊在格蘭島舉行了為期三個月的巡迴演唱會，今天是最後一場，也是最盛大的一場。

來自星星島的小貓熊——沐沐姊姊早就買好了天鵝王子糊糊的演唱會門票，坐船來到格蘭島。

興奮的沐沐姊姊一上岸，就衝到金絲猴薇薇的家門口，激動地拍著大門。

「薇薇！開門！薇薇！開門！我們快去糊糊的演唱會會場排隊吧！」

奇怪的是，門內一點動靜都沒有。

沐沐姊姊狐疑地把耳朵貼緊大門，想要聽裡面的聲音。

「哎喲……哎喲……」

屋裡傳來一道虛弱的呻吟聲，是薇薇！

沐沐姊姊驚訝極了，薇薇的聲音聽起來非常痛苦，難道出了什麼意外？

於是，沐沐姊姊連忙矯健地爬到大樹的頂端，打開一扇隱蔽的小門。那本來是常忘記帶鑰匙的薇薇幫自己留的小門，沒想到今天派上了用場。沐沐姊姊一進到屋內就看見了可怕的場景，嚇得她舉起了爪子。

「天啊！薇薇，你怎麼了？」

只見薇薇倒在樓梯下方，手臂的毛被剝掉了一整片，露出一道道血痕。更可怕的是，她的額頭上也一片鮮紅，仔細一瞧——

「天啊！薇薇，你流血了！」沐沐姊姊一邊迅速地跑向薇薇，一邊叫了救護車。

到了醫院，啄木鳥醫生為薇薇包紮好傷口。此時，薇薇的金色毛皮失去了往日的光澤，鼻子也很乾燥，看起來虛弱極了。

但她仍努力睜開眼睛，虛弱地說：「半夜有人……想要搶走我的相簿……太黑了……我看不清楚……還有……還有……沐沐……記得……我們的約定……」說完，薇薇再也撐不住，頭一歪就暈了過去。

沐沐姊姊的眼中含著淚水，「薇薇，你放心，我一定會要到糊糊的親筆簽名！」沒想到門口傳來了一個陌生的聲音：「你放心，你找到我，就已經邁出了找出真相的第一步。我一定會抓到這個犯人！」

沐沐姊姊猛地轉頭看向站在門口的那個身影。純白色的皮毛、優雅的單邊金絲框眼鏡、帥氣的格紋貝雷帽和風衣……

「你就是狼警官赫森常常提起的神探邁克狐？」沐沐姊姊驚訝地問。

只見邁克狐微笑著摸了摸眼鏡框：「正是在下。」

邁克狐會這麼快就出現在醫院，並不是偶然。

因為這三個月來，格蘭島各地陸續發生相同的案件！接連有人報案指出，自己小時候的相簿失竊或遭到破壞。萬萬沒想到，這次竟然有人受傷了！邁克狐手裡拿著那本薇薇拚盡全力保護的相簿，金絲框眼鏡閃過一道光芒。「相簿中保存的都是人們最珍貴的回憶，對每個人來說都是無價之寶。想破壞這份寶物的人真是罪大惡極。走吧，啾颯，讓我們把這個犯人揪出來！」

為了保護現場，薇薇的家仍維持案發時的模樣。邁克狐和啾颯一進門，豬警官就拿著一疊所有相似案件的調查資料走了過來。

第一起失竊案發生在三個月前，南部海濱有人報案說家裡的一本小學畢業相簿被偷了。

第二起失竊案發生在兩個半月前，西部沙漠有人報案說幼兒園的合照被偷了。

邁克狐翻看資料，腦海中逐漸整理出了一些思緒：凶手有能力在格蘭島全島犯案，目的是偷竊、破壞居民小時候的照片。

接著，邁克狐將手上厚厚一疊資料交到啾颯手中，吩咐他：

「啾颯，麻煩你去調查這些受害者小時候讀過的學校，以及當時的班級成員。我相信，其中一定有線索。」

「啾啾！啾啾啾！」啾颯露出一副「使命必達」的堅定態度，把厚厚一疊資料頂在頭上，飛也似地奔出了薇薇家。

豬警官看呆了，驚嘆道：「不愧是神探邁克狐，這麼快就有線索了！」

邁克狐拿出一根棒棒糖塞進嘴裡，「為了保護大家的回憶，我當然要竭盡全力啊。」

邁克狐站在樓梯下方，抬頭仔細觀察：除了扶手上的血跡，沒發現其他打鬥跡象，而樓梯口展示櫃旁邊的窗戶則是半開著。

邁克狐閉上眼睛，透過想像，讓自己彷彿回到案發時刻。

犯人悄悄溜進金絲猴薇薇的家，在展示櫃上找到了相簿，正當他準備帶走的時候，卻被薇薇當場撞見！

「你是誰？」薇薇直接撲了過去，一把抓住犯人手裡的相簿，也許他們還起了爭執，最後薇薇一個不小心，就從樓梯上摔下去！

邁克狐在大腦中還原了可能的案發過程。他一邊掏出放大鏡仔細觀察窗臺，一邊吃著嘴裡的棒棒糖。突然間，窗臺上一個小小的、在陽光下閃閃發亮的東西映入邁克狐眼簾，那是一小撮白色的絨毛。

他露出了然於胸的微笑：「豬警官，我大概知道怎麼回事了，現在我們就去找那個犯人吧！」

啾颯偵探筆記

事件：很多人小時候的相簿失竊或遭到破壞

地點：金絲猴薇薇的家

已知線索：

1. 有人報案說自己丟掉了＿＿＿＿＿，還有人報案說自己丟掉了＿＿＿＿＿，失竊的東西都是＿＿＿＿＿。

2. 失竊案的案發地點是＿＿＿＿＿和＿＿＿＿＿，案發時間間隔＿＿＿＿＿。

3. 這是一個能在＿＿＿＿＿到處做案的竊賊，專門偷竊、破壞＿＿＿＿＿。

4. 窗臺上有＿＿＿＿＿的絨毛。

看著這些線索，啾颯的腦袋裡亂成一團。小偵探你有什麼想法？你認為犯人是誰呢？在這裡寫下你的推理吧：

邁克狐一行人來到了當紅偶像——天鵝王子糊糊的演唱會現場。

這時，站在門口的沐沐姊姊，不管身上的漂亮裙子會被擠得皺巴巴的，硬是穿過人群激動地說：「你好，邁克狐先生。你也是糊糊的粉絲嗎？」

邁克狐沒說話，只是神祕地微笑著。站在一旁的豬警官也摸不著頭腦。已經站了好一會兒，邁克狐到底在等待什麼呢？

只見啾颯矮矮胖胖的可愛身影衝了過來，把一張紙條塞進邁克狐手裡。

邁克狐露出自信的微笑，「豬警官，請用警官證帶我們去後臺吧。」

於是，沐沐姊姊和豬警官跟著邁克狐來到了天鵝王子糊糊的休息室。

助理小姐氣勢洶洶地衝過來，一見豬警官出示證件，只好默默退到一旁。

這時，天鵝糊糊失態地將粉盒打翻在地，慌慌張張地說：「對……對……對不起……失手把化妝品打翻了……請問你們有什麼事嗎？」

邁克狐微笑著上前，將手中的紙條遞給糊糊。助理小姐看到後叫了起來：「4994994，這不是糊糊你的身分證號碼嗎？」

原來，格蘭島上的每位公民從出生起就會有一個獨一無二的身分證號碼，就算改了名字，身分證號碼也不會變。

糊糊點點頭說：「嗯，是的，可是這有什麼問題嗎？」

邁克狐自信地笑道：「近期發生的多起相簿失竊、破壞案，還有這次攻擊金絲猴薇薇的犯人，就是你——糊糊！」

什麼？

最震驚的是沐沐姊姊，她的尾巴立時翹了起來，兩隻毛茸茸的爪子也舉到臉頰邊，一臉驚嚇地問：「什麼？糊糊怎麼可能是犯人呢？他是全世界最好的人！」

邁克狐拿出一疊厚厚的資料，開始分析。「第一，糊糊的巡迴演唱會是從三個月前開始的，而第一起案件也發生在三個月前。第二，案發地點順序與演唱會的巡迴地點順序相同。第三，經過調查，這些被破壞的相簿唯一的共同點就是，照片裡都有同

一隻小灰鳥的身影。」

邁克狐又拿出一張已被揉得皺巴巴的照片，指著上面一處說：「你們要不要猜猜看，這隻小灰鳥的身分證號碼？」

咚！天鵝王子糊糊終於承受不住，一屁股坐到地板上，哭著說：「他的身分證號碼就是4994994，我……我就是那隻醜陋的灰鳥……

「當我從醜陋的灰鳥變成了美麗的天鵝，成了大明星。我是那麼完美、那麼精緻，不可以有任何一點瑕疵。那些記錄著我醜陋模樣的照片，我要統統毀掉！這樣……這樣就誰也不會發現了！」

「才不是呢！我們喜歡的，是那個愛唱歌跳舞的糊糊，無論

糊糊以前是什麼樣子，我們喜歡的都是現在的你啊！」

聽了沐沐姊姊的話，糊糊沮喪的表情先是變得難以置信，然後逐漸恢復光彩。他重新站起來，認真地對大家說：「對不起，是我做錯了，但是請你們給我完成這次演唱會的機會。」邁克狐和豬警官對視一眼，笑著點點頭，看著糊糊飛向了閃閃發光的舞臺。

天鵝小時候是灰撲撲的小鴨子，這是自然賦予的樣貌，而無論外表，最重要的還是內心啊！

演唱會後，糊糊向廣大的粉絲坦承了自己的過去和這次犯下的罪行，並且跟著豬警官到警察局自首，接受應有的處罰。令糊糊感到意外的是，許多歌迷表示，只要他認錯悔改，努力創作出

科學小站

天鵝與醜小鴨

天鵝是一類常見的鳥類，一身潔白的羽毛、修長的脖頸都令人覺得優雅美麗。但是有些天鵝剛從蛋裡孵出來的時候，毛色並不是純白的，看起來並不漂亮。天鵝為天鵝屬（Cygnus），我們常吃的鵝肉，雖然毛色一樣是白色的，但為雁屬（Anser）。其實，自然界中很多動物小時候與長大了完全不一樣，這就是大自然的規律呢！

高水準的作品，還是會繼續支持他。巡演結束後，糊糊除了向受傷的薇薇道歉之外，還主動申請加入格蘭島醫院的志工。看著糊糊每天跑上跑下認真勤快的模樣，薇薇也終於原諒了糊糊。

04 深夜的破壞犯

天上，一團團的烏雲把月光幾乎完全遮蔽。地上，格蘭島一片寂靜，只有街道上的路燈仍在崗位盡忠職守，投射出昏黃的燈光。幾隻飛蛾拍打著翅膀，奮不顧身撲向燈光。

轟隆，轟隆……

突然間，街上的燈光一個接一個熄滅。伴隨著一陣陣震耳欲聾的聲響，一頭龐然大物正快速移動，那速度比獵豹還快，力氣也大得驚人。一眨眼的工夫，街上變得一片漆黑，同時多了一個奇怪的聲音。卡嗒，卡嗒……

格蘭島警察局裡，邁克狐翻閱多名目擊證人的筆錄，若有所思地說：「這個事件並不單純。你看，雖然根據大家的描述拼出了一幅畫面，可是，沒有一個人看清楚這名深夜破壞犯的真面目。」

邁克狐從口袋裡拿出一根棒棒糖，拆開包裝，放進了嘴裡。

這話可讓熬了整晚沒合眼的豬警官差點哭出來，「哎呀，這該怎麼辦？市中心的公共設施全被破壞了，要是查不到犯人，犀牛局長鐵定要我捲鋪蓋走人。我的邁克狐先生，神探邁克狐，宇宙超級無敵神探邁克狐，求求你幫幫忙吧！」

邁克狐從椅子上站起來，金絲框眼鏡在陽光照耀下反射著光芒，讓人看不清他的表情。

「放心吧，你找到我，就已經邁出了找到真相的第一步。」說完，邁克狐大步走出警察局，留下了帥氣的背影，那自信的神情看得豬警官目瞪口呆。

啾颯看著訝異地張大嘴的豬警官，跳起來把他的嘴巴合上，轉身追了出去。

格蘭島的中央廣場上，警察用警示線將犯罪現場包圍起來。原本矗立在廣場周圍的燈柱全部被破壞，雜亂地傾倒在地上。被破壞的還有垃圾桶、公車站牌，連廣場上以鋼鐵做成的花朵雕塑都被連根拔起。警官們正有條不紊地搜查證據。邁克狐朝犀牛局長點頭示意，「犀牛局長，請問你們發現了什麼線索？」

犀牛局長帶著邁克狐走到被破壞的設施旁，一一說明：「這個垃圾桶是被大力拍扁的，這些燈柱都是被撞斷的，這個公車站牌是被一掌劈斷的，還有這個……」說著，他們來到已變成碎片的花朵雕塑前，「喏，這個是被硬生生撕碎的。唉，我還沒見過哪個動物有這麼大的破壞力呢。」

邁克狐拿出放大鏡，仔細觀察碎片的斷裂處。除了幾處明顯的撕裂痕之外，還有一些看起來很奇特又相當整齊的痕跡，像是……被咬斷的！

這時，一個熟悉的聲音從遠方傳了過來：「啾啾啾——啾啾啾——（邁克狐——有新發現——）」

一團紅色的物體朝邁克狐的方向跑來，身後還留下一串紅色的腳印。只聽吧唧一聲，那團紅色物體被自己絆倒，咕嚕咕嚕，滾到了邁克狐腳邊。

原來，那團紅色物體就是滿身紅泥的啾颯。

啾颯不顧疼痛，趕緊爬起來，他嘰嘰喳喳，又蹦又跳，朝邁克狐叫道：「啾啾啾，啾啾啾！（腳印啾，可疑啾！）」

邁克狐點點頭，誇讚他：「幹得好，啾颯，你說的腳印在哪裡？快帶我去看看。」

奔跑中的邁克狐還不忘向犀牛局長解釋：「這位是我的助手啾颯，他說，他在湖邊發現了一個可疑的腳印。」

啾颯帶著他們來到中央廣場的小池塘邊，指著地上的半個腳印啾啾啾啾叫個不停。

犀牛局長摸著下巴，推測道：「犯人一定是事先躲在這裡，等到夜深人靜的時候才溜出來，然後在中央廣場上大肆破壞。」

邁克狐的嘴巴抿成一條直線，若有所思地看著腳下被挖得亂七八糟的紅土地。

這時，犀牛局長的對講機響了起來。

傳來豬警官的聲音：「報告犀牛局長，錄影顯示可疑動物河馬和大貓熊曾在案發現場附近出沒，有重大嫌疑，現在已經把他們傳喚到警局了。」

犀牛局長嚴肅地說：「做得好，豬警官。我們立刻回去進行審訊。」

馬不停蹄，局長和邁克狐開始分別審訊兩名嫌犯。

犀牛局長問：「河馬，你昨晚在哪裡？」

河馬委屈地說：「我……我昨晚吃完飯，看了一會兒電影就上床睡覺了。我一個人住，所以……所以……沒人能為我作證。但是，昨晚的事絕對、絕對不是我做的。」

犀牛局長脹紅了臉，將手裡的照片狠狠地拍在桌上，怒斥：「你撒謊！你家對面的貓頭鷹親眼看到你晚上根本沒上床睡覺，而是出門了！」

犀牛局長又拿起一張沾滿紅土的地毯，嚴厲地說：「你家地毯上的紅土和我們從中央廣場帶回的紅土完全一樣。你就是昨晚的破壞犯，對吧？」

河馬猛地從座位上站起來，脹紅著臉大吼：「我雖然脾氣暴躁，但這件事不是我做的！你們不能冤枉我！」

犀牛局長看向對面的玻璃牆，玻璃上映出他嚴肅的神情。看樣子河馬不像在撒謊。

此刻，邁克狐正歪著頭，觀察大貓熊的樣子。坐在椅子上的大貓熊看起來又軟又萌，圓滾滾的身軀像一團軟乎乎的棉花糖，說起話來也很可愛。「你問我昨晚在做什麼，嗯……我一整晚吃了好多嫩嫩的竹子。我們大貓熊力氣小，跑得又慢，昨晚的事，真的跟我無關喔。」

邁克狐看著把頭搖得像撥浪鼓一樣的大貓熊，還有他又厚又

大的熊掌與尖利的牙齒。

他腦中閃過每一條線索：力大無窮的犯人、雕刻上的牙印、被挖掘過的泥土、腳印，它們逐漸在邁克狐的腦中串聯起來，一個大膽的假設也逐漸變得清晰。

邁克狐自信地說：「現在，只需要再證明一件事就行了。」

大貓熊和河馬被豬警官帶到了新的審訊室，只見豬警官胖乎乎的臉笑成了一朵花，大耳朵也跟著上下亂顫。「哼，這是餐廳剛做好的餅，你們吃完了再走吧！」被審訊了一整天的兩人早已餓得受不了，一聞到香噴噴的餅，什麼也不管了，一把抓起面前的餅，「嗷嗚」一口就咬了下去。

沒想到，河馬才嚼了兩下，就呸地全吐了出來。

「你給我吃的是什麼東西？」河馬叫道。

就在這時，他們身後的大貓熊卻將兩張餅全塞進了嘴裡。大門猛然打開。邁克狐伸手一指，大聲說道：「昨晚的破壞犯就是你！被破壞的全是鐵製品，我還在雕刻上發現了熊科動物的牙印。而且在搜集證據時，我們始終找不到失蹤的鐵片，那麼它們到底去了哪裡？答案很明顯——鐵片全被吃掉了。吃掉鐵片的人就是你！」

眾人順著邁克狐的指尖看去，竟然是吃得臉頰都鼓起來的大貓熊。

「大貓熊，或者我該叫你的另一個名字——食鐵獸，對吧？」

邁克狐的話音剛落，幾名強壯的犛牛警官就衝了進來，將大貓熊團團圍住，舉起一副閃亮的手銬就要銬在大貓熊的手腕上。可誰知上一秒還蜷縮成一團的呆萌大貓熊忽然直立起來，而且渾身都是強壯的肌肉！

大貓熊掄起雙臂，左推右擋，為自己撞開了一條出路。犀牛局長鼻子噴出一股熱氣，大喝一聲：「別讓他跑了！」

就在這千鈞一髮的時刻，邁克狐抱起遊戲室的籃子朝地上一倒，籃子裡的玻璃彈珠滾了一地，朝慌慌張張的大貓熊腳下滾去，只聽撲通一聲，大貓熊狠狠地摔了一跤。

被銬上手銬的大貓熊一邊掙扎一邊辯解：「我們大貓熊家族可是大名鼎鼎的食鐵獸，本來就是吃鐵的！我要恢復我們食鐵獸

大貓熊

大貓熊是中國的國寶，有著黑白相間的皮毛和濃濃的黑眼圈。別看大貓熊抱著竹子的模樣憨厚可愛，牠的戰鬥力可是很高的喔！大貓熊的力氣非常大，還有著強大的咬合力，僅次於獅子。可別被牠們可愛的樣子給騙了呢！

的名號！」

邁克狐嘆了口氣，「你錯了，大貓熊。食鐵獸其實並不存在，這個名號只是社會上以訛傳訛的結果罷了。大貓熊吃鐵是因為食物中缺少鹽，才去舔帶有鹹味的鐵鍋，卻被不明就裡的人們誤以為在吃鐵，才有了食鐵獸之名。你現在這樣吃，可是會肚子痛的。」

大貓熊吃驚地說：「啊，這麼說，我這次真的犯了大錯啊。」

就這樣，神探邁克狐成功逮捕深夜的破壞犯。對了，那晚悄悄出門的河馬其實也做了壞事，他因為缺少微量元素，所以偷偷跑去中央廣場吃掉不少紅土，導致那一帶花草被破壞了大半。所以，他也要和大貓熊一起受罰。

05 限時救援

他沮喪地掛上電話，癱坐在椅子上。這已經是他第三百二十五次失敗了，每一次傾注心血的實驗，換來的卻是又一次的失敗。

「難道我真的不該再研究下去了嗎？」懊惱的聲音響起。當他失魂落魄地掛上電話時，沒有注意到一支破碎的試管正安靜地躺在地上，管子內的液體早已流進了下水道，不知流往何處。

「快讓開！讓開！啄木鳥醫生，這名患者病情危急，需要立刻診治！」松鼠護理師在急診室大廳叫嚷著。

啄木鳥醫生迅速飛過來，看了一眼松鼠護理師。松鼠護理師朝他點點頭。

又是一樣的病症，又是來自波西瓦瓦小鎮的居民，這已經是本週入院的第二十三名患者了，明顯不是偶發事故。

只見躺在病床上的漁夫棕熊先生抱著肚子不停抽搐，疼得不由自主大叫起來。

啄木鳥醫生的思緒被叫聲拉了回來，立刻展開急救，等到棕熊先生沉沉睡去才離開。

啄木鳥醫生坐在辦公室裡，眉頭緊皺，思索著：「病人的病

情目前雖然能夠暫時得到緩解，但如果再找不到病因，後果將不堪設想。可是，現在沒有線索、沒有嫌犯，要想盡快找出真相，只能找他了。」

已經沒時間猶豫，啄木鳥醫生立刻撥通邁克狐的電話，說明原委。

最後，啄木鳥醫生補充道：「為了避免出現更多的受害者，邁克狐先生，請你盡快找出真相，越快越好！」

電話那頭隨即傳來邁克狐沉穩冷靜的聲音：「放心吧，你找到了我，就已經邁出了找到真相的第一步。」

上午十一點。

邁克狐和啾颯關上車門，抬頭朝波西瓦瓦小鎮看去，一條大

河從小鎮旁蜿蜒流過，將原本就生機盎然的小鎮襯托得更加風景如畫。可是，與這美景形成鮮明對比的卻是冷清的街道，家家戶戶緊閉大門，風吹起的沙塵和垃圾讓小鎮顯得冷清蕭條。

街上只有一家雜貨鋪開門，於是，邁克狐決定先去這裡打聽線索。剛走進店裡，掛在門框上的風鈴就叮咚作響，山羊奶奶的聲音從櫃臺後面傳來：「稍等，稍等。我正在燒水呢！」

邁克狐安靜有禮地等著，等山羊奶奶端著熱茶站起身來，才摘下帽子微微欠身，溫和地說：「您好，我是偵探邁克狐，由於最近小鎮上發生了一些奇怪的事，特地前來調查。您能把您知道的消息都告訴我嗎？」

山羊奶奶瞪大了眼睛，一臉驚訝地說：「你就是大名鼎鼎的邁克狐？沒想到還是個小帥哥啊！不好意思，我的胃不好，所以得燒點熱水喝，希望你不要介意。」

接著山羊奶奶長嘆一聲，娓娓道來：「最近鎮上確實發生了一些奇怪的事。一週前，小鎮上的居民就接二連三得了怪病，有人肚子痛得一直叫，一天跑十八次廁所，還有人痛得滿地打滾，鬧得人心惶惶……不過，雖然很多家庭都有人發病，但並不是家裡的每個人都發病，有的生病，有的卻一點事也沒有。」

按理來說，一家人住在一起，吃的東西也一樣，為什麼有的會生病，有的卻沒事呢？聽到這裡，邁克狐的眉頭不禁皺在一起，心想：「整件事看起來的確很不尋常。」

上午十一點十五分。

告別了山羊奶奶，邁克狐和啾颯繼續拜訪鎮上的居民。他們先來到今早被送往醫院的漁夫棕熊先生的家，留在家裡的女兒棕熊妹妹眨著大眼睛，向邁克狐展示他們家今天的早餐。

「媽媽去照顧爸爸了，所以家裡只剩我一個人。喏，這是爸爸吃的炸蝦，這是媽媽吃的蜂蜜，這是我吃的紅薯。」啾颯摸摸腦袋，困惑地看著邁克狐，「啾？啾啾？（為什麼一家人吃的食物都不一樣呢？）」

邁克狐微笑著解釋：「棕熊是雜食動物，不論是肉類，還是水果蔬菜，他們都愛吃。不過，棕熊先生的炸蝦好像有點……」

邁克狐看著根本沒炸熟的蝦，皺起了眉頭。

「爸爸就喜歡吃這種炸蝦，他說炸得太熟不好吃。他一直都是這樣吃的，可是，今天早上爸爸卻突然生病了。」

棕熊妹妹說著說著，抽抽搭搭地哭了起來，邁克狐將口袋中的棒棒糖遞給她。

中午十二點。

根據啄木鳥醫生提供的病人資訊，邁克狐來到住在河邊灌木叢的白鷺太太的家，詢問她最近有沒有遇到什麼怪事。白鷺太太的眼淚吧嗒吧嗒地落在雪白的羽毛上，她傷心地說：「最近發生的怪事？當然是我丈夫和孩子得的怪病啊！」

邁克狐接著問：「還有什麼與平時不一樣的事嗎？請仔細回想一下，也許與怪病有關。」

白鷺太太閉上眼仔細思索著，隨後忽然睜大眼睛說：「我想

起來了！我們白鷺平時生活在河岸，喜歡吃水中的田螺，可是這種田螺很難捉，所以我們吃得並不多。不過最近一週，田螺突然變多了，我丈夫和孩子就貪嘴多吃了一點，難道有人在田螺裡下毒？」

邁克狐追問：「那您這陣子吃什麼呢？」

白鷺太太回答：「我嗎？我比較喜歡吃岸上的蝸牛，所以……」

聽到這裡，邁克狐的大腦飛速運轉起來，整理目前搜集到的線索：「平安無事的山羊奶奶，燒開的熱水；吃半熟炸蝦的棕熊先生；白鷺一家人中喜歡吃田螺的丈夫和孩子……」

突然間，一道靈光從邁克狐的腦中閃過。「啊！我知道了，引起這場怪病的就是……」

邁克狐帶著啾颯衝到河邊，指著翻滾流動的河水說：「一定是水源出了問題，我們只要查清水源到底被什麼汙染，或許就能查到導致居民生病的原因了。」

啾颯興奮地跳起來，啾啾地叫個不停，像表達贊同似地一頭鑽進水面觀察，卻看見一條像頭髮一樣細細的生物朝他游過來。啾颯嚇得一屁股坐倒岸邊，害怕地抓住胸口，要邁克狐趕緊過來。

可是當邁克狐朝河水中看去的時候，卻什麼都沒看到，更別說奇怪的生物了。

邁克狐安慰啾颯，「可能是你太緊張，所以眼花了也說不定。

走吧，我記得上游有一家實驗室，我們去那裡碰碰運氣。」

啾颯點點頭，卻仍心有餘悸地回頭張望了一會兒。

二十分鐘後，邁克狐和啾颯站在一間貼滿封條的實驗室。邁克狐清了清喉嚨，想要引起正在忙碌的黑猩猩研究員的注意。但是對方卻連眼皮都沒抬一下，不耐煩地說：「我的實驗室就這麼大，而且馬上就要被撤銷三級生物實驗室的資格了，恕我沒空陪您聊天，請您諒解。」說完，黑猩猩研究員又繼續埋首工作。

邁克狐有禮貌地朝黑猩猩研究員鞠躬，「我們無意打擾您工作，只是隨便看看。」

站在一旁的啾颯則鼓著腮幫子，朝黑猩猩研究員哼了一聲，轉頭尋找線索。他蹲在地上緩緩挪動著小屁股，一雙眼睛都快貼到地面上了，可是從這頭挪到那頭，什麼線索都沒發現。就在他打算放棄的時候，忽然一個亮晶晶的東西被陽光一照，閃爍了一下。

啾颯啾的叫了一聲，跑過去查看，看見地上散落著許多玻璃碎片，於是耐心地將碎片慢慢拼了起來。

而另一頭，邁克狐也拿著放大鏡努力尋找線索。實驗室裡的架子上，整齊擺放著試管、燒杯、吸管、顯微鏡等各式各樣的實驗用品，其中一座不起眼的試管架引起了他的注意。

這座試管架上放置著四根試管，但是管子上沒有依規定寫明具體作用和類別，只用發育週期來標記順序。邁克狐檢查每一個試管，標籤上分別寫著第一齡期、第三齡期……

「咦？第二齡期的試管去哪兒了？」邁克狐看向第四支試管的時候，被試管中的東西嚇了一跳，試管裡竟然有一條細長的蟲正在扭動！

邁克狐立刻就認出了這種蟲，牠是一種專門寄生在動物體內的寄生蟲——鐵線蟲。

邁克狐大驚失色，衝到黑猩猩研究員的面前，怒吼道：「你知道你做了什麼好事嗎？第二齡期的鐵線蟲正在感染波西瓦瓦鎮的居民。你還有心情在這裡做實驗！」

黑猩猩研究員卻毫不示弱，強詞奪理，「不可能，我的實驗品全部保存得好好的，你看，不是都在這裡嗎？」說完，黑猩猩研究員走到試管架前，不敢相信地揉了揉眼睛。雖然內心感到不安，嘴上還是強辯：「一定是你故意藏起來要嫁禍給我，休想讓我承認我沒做過的事。」

這時，啾颯從地上爬起來，將一片剛拼好的試管碎片舉到邁克狐眼前，啾啾叫道：「啾啾啾啾，啾啾！（邁克狐，快看看這是什麼！）」

邁克狐一把抓住黑猩猩研究員的手腕，將試管碎片拿給他看，標籤上赫然寫著：第二齡期。

終於找到了致病原，原來是寄生蟲！邁克狐要將這個消息趕緊告訴啄木鳥醫生，讓他為病人對症治療。

踏出實驗室大門的時候，他回頭看了一眼實驗室牆上的時鐘，時針剛好指向一點。邁克狐鬆了一口氣，從他接到啄木鳥醫

科學小站

鐵線蟲

鐵線蟲不是昆蟲，牠會透過水源造成感染，引起「鐵線蟲病」。所以，千萬不要隨便飲用池塘裡的水或不乾淨的水，就算是自來水，也一定要煮開之後再喝！此外，鐵線蟲還會寄生在動物體內，尤其是螳螂等節肢動物，當然了，也不要吃沒煮熟的海鮮喔！

第一齡期
第三齡期

生的委託到現在只過了兩小時，這期間並沒有新的病人出現。這次與時間賽跑的案件，是邁克狐贏了。

06 黃金水的祕密

陽光明媚的早晨，閃亮亮珠寶店洋溢著歡快的啾啾聲。只見啾颯捧著自己的小布包，興奮地從櫥櫃的這頭，跑到櫥櫃的那頭。邁克狐一臉微笑，慢慢跟在啾颯身後。原來，邁克狐為了獎勵啾颯這麼久以來的優秀表現，決定為他訂做一只專屬的純金懷錶。

突然間，閃亮亮珠寶店傳來一陣咚咚咚的聲響。

咚咚咚，閃亮亮珠寶店的天花板在震動；咚咚咚，閃亮亮珠寶店的地面也在震動！聲響愈來愈近，還伴隨著一陣可怕的怒吼聲：「可惡的黑心老闆——給我出來——！」

閃亮亮珠寶店的老闆金絲猴聽到這聲音，打了一個寒顫，跳了起來，藏到了櫃臺後方，又探出腦袋，顫抖地問：「怎……怎麼回事？」

邁克狐和啾颯看著咚咚作響的地板，感覺就像要裂開了一樣！

砰的一聲，大門被撞開了。

比邁克狐足足高出一倍的猩猩太太火冒三丈地從外面衝了進來。她氣呼呼地環視四周，大吼道：「老闆呢？快給我出來！」

猩猩太太說話時，還看得見她嘴裡露出的一顆閃閃發光的金牙。

金絲猴老闆根本不知道猩猩太太要做什麼，嚇得不敢出來。

一旁的邁克狐小心翼翼地從口袋裡拿出名片，遞給猩猩太太，「您好，我叫邁克狐，是個偵探。請問，您遇到了什麼問題嗎？」

猩猩太太低下頭，湊近名片仔細看了一眼，冷笑一聲，將皮包裡的金耳環、金項鍊一把掏出來撒在桌上，傲慢地說：「你就是那個大名鼎鼎的神探邁克狐？正好，我現在有個案子需要解決！」

邁克狐仔細聽完事情的來龍去脈。原來，猩猩太太在閃亮亮珠寶店買過不少首飾，可是沒過多久，金首飾的重量就會莫名其妙地減少。

猩猩太太環抱雙臂，露出不容置疑的表情，「我每天都會仔細稱重，別想蒙混過關！一定是這家店的黑心老闆在製作時偷工減料！」

這時，一直不敢露面的金絲猴老闆卻衝了出來，「不可能！我們是百年老店，從來不做虧心事！猩猩太太，我把做好的首飾交給你的時候，你當時明明也稱過重！」

猩猩太太怒目圓睜，不服氣地喊了回去：「誰知道你耍什麼花招！」

他倆你一言我一語地吵了起來。

啾颯眼看場面快要失控，連忙擋在中間，想要把他們拉開。矮小的啾颯擠在兩人之間，就像被搓來揉去的麵糰一樣可憐。

邁克狐從口袋裡拿出放大鏡，仔細地觀察猩猩太太放在櫃臺上的金首飾。

首飾的色澤沒有任何變化，也看不出表面有磨損的痕跡。如果不拿去稱重，根本看不出有問題。

邁克狐轉向猩猩太太，耐心地說：「猩猩太太，我在這裡訂做的物品從未出現過問題。所以，這裡頭也許有些誤會。」

猩猩太太聽完這番話正想發怒。邁克狐很快又接著說：「不過，我一定會公平公正地幫您查清楚這件事。因為，你找到了我，就已經邁出了找到真相的第一步。」

說完，邁克狐拿起桌上的首飾，對著陽光一照，發現首飾散發出異常閃耀的光彩，看起來就像新的一樣。

邁克狐問：「猩猩太太，您的首飾在店裡做過保養嗎？」

猩猩太太這才放下了被她揪到半空中的金絲猴老闆，然後搖搖頭。

「這就奇怪了，沒做過保養的黃金，又買回去一段時間，為什麼會像新的一樣呢？黃金是一種特殊金屬，一般的清潔劑和水根本沒辦法清洗得這麼乾淨。」

猩猩太太回答：「我在一本雜誌上看到，用黃金水定期清洗金首飾可以讓色澤變得更漂亮。於是我叫我的鼴鼠女僕，按照雜誌上的配方調配黃金水。」

「黃金水？」邁克狐點了點頭，「我想，我有點頭緒了。」

他朝猩猩太太招了招手，猩猩太太連忙俯身，邁克狐湊到她耳邊認真地說了些什麼。

然後，邁克狐露出自信的微笑。「接下來，就看明天的結果吧。」

第二天，猩猩太太依約來到閃亮亮珠寶店。

她從皮包裡拿出一個小巧的玻璃瓶，瓶內裝著黃棕色液體，看起來就和猩猩太太所形容的黃金水沒兩樣。

邁克狐接過瓶子，小心翼翼地拔出瓶口的玻璃塞。瞬間，瓶口升騰起一陣黃色霧氣。

邁克狐問：「猩猩太太，您是按照我叮囑您的方法，取來這瓶液體吧？」

猩猩太太的表情馬上變得嚴肅起來，「那當然！你說如果一不小心，我漂亮的手就會受傷，我哪裡敢不聽呢？我還戴了三層你給我的手套呢。這是我特地要我的鼴鼠女僕臨時配好的，你到底要做什麼？」

看著邁克狐認真盯著瓶子不發一語，她又沉下臉，惡狠狠地指著邁克狐，「大偵探，你要的東西我按你的要求拿來了，你要是敢捉弄我，小心我拆掉這家店的時候連你也拆了！」

邁克狐沒有回答，只是禮貌地說：「猩猩太太，請取下一枚金戒指給我，我一定能還您真相。」猩猩太太狐疑地看著邁克狐，最後還是將戒指交到邁克狐手上。只見邁克狐將戒指輕輕投進瓶子裡。不一會兒，瓶子裡冒出小小的氣泡。

猩猩太太見狀不禁大喊：「邁克狐！你在做什麼？那是我的戒指啊！」

邁克狐微笑道：「別擔心，我只是像您的女僕平常做的一樣，替您清洗首飾。現在，我要去拜訪您的女僕，不知道方不方便？」

猩猩太太雖然滿腹疑惑，還是帶他們來到了自己的別墅。

門一開，鼴鼠女僕露出了標準的笑容迎接猩猩太太回家。

「您回來了，猩猩太太！」

猩猩太太稍微挪開自己龐大的身軀，邁克狐的格紋風衣露了出來。鼴鼠女僕詫異地說：「這位是……」

邁克狐禮貌地表明來意，想要調查鼴鼠女僕平時清洗金首飾用的液體。

鼴鼠女僕懵懵懂懂地點著頭，帶大家來到存放首飾的地方。小小的房間裡到處散發著奪目的光彩，櫃子最下層的那瓶金色液體，在耀眼的首飾之間顯得不太起眼。

鼴鼠女僕將貼著黃金水標籤的瓶子拿了出來，遞給邁克狐。

鼴鼠女僕說：「就是這個瓶子，我按照猩猩太太交給我的雜誌上配方調配的。你們來得正好，因為黃金水需要在每次使用前調製，我剛配好一瓶，正準備清洗首飾呢。」

邁克狐一打開瓶子，黃色的霧氣就飄了出來。

鼴鼠女僕伸長脖子叮囑道：「偵探先生，您要小心啊，黃金

水雖然可以讓首飾變得更有光澤，但也很容易傷到手。」

邁克狐看看一臉認真的鼴鼠女僕，又看看一頭霧水的猩猩太太，腦子裡閃過了一個想法。

他嘆了口氣，對猩猩太太說：「猩猩太太，不曉得您是不是聽信了不可靠的偏方，您用來清洗首飾的液體，叫作王水。王水可以溶解黃金，也許您的女僕平常清洗完首飾就直接倒掉王水，所以從未發現這回事。」

猩猩太太難以置信地大喊：「啊？你說什麼？也就是說，首飾的重量會減少，都是因為我自己造成的！」

邁克狐點點頭，「恐怕是這樣。猩猩太太，以後還是不要看那些道聽塗說的雜誌了，首飾還是交給專業的人來保養吧。」

說完，邁克狐扶了扶帽子，不顧猩猩太太懊悔的嗚咽聲，離開了別墅。

此刻在角落裡，鼴鼠女僕忽然露出了奇異的微笑。

夜幕降臨，猩猩太太的別墅後花園裡傳來陣陣挖土聲。一個小小的黑影正飛快揮動著爪子。

嗖！一道白光冷不防從遠處照射過來，黑影立刻停下動作，嚇得摔倒在地。只見邁克狐拿著手電筒，朝黑影的方向走來。他面帶微笑，優雅地打招呼：「晚安，又見面了，鼴鼠女僕。」

鼴鼠女僕驚恐地瞪大雙眼，又馬上裝作若無其事的樣子，用後爪踢了踢土。

邁克狐接著問：「這麼晚了，你在這裡做什麼呢？」

鼴鼠女僕撥了撥被她刨得鬆散的沙土，漫不經心回答：「是啊，這麼晚了，我當然是要回房睡覺。我們鼴鼠有挖洞的習慣，所以我每次都是挖完洞才回房間。大偵探，今天不是已經破案了嗎？這麼晚了，你在這裡做什麼？」

邁克狐搖搖頭，「不不不，今天的案子還沒結束呢。因為，鼴鼠女僕，偷走金首飾的人，就是你！」

鼴鼠女僕禮貌地微笑，冷靜反駁：「偵探先生，我不懂你在說什麼。今天你都調查過了，如果是你說的什麼王水，那也不關我的事，我只是聽猩猩太太的吩咐罷了。」

邁克狐推了推金絲框眼鏡，從口袋裡拿出一個透明的小瓶子，瓶底沉澱著一些金色的固體。

王水

王水是一種腐蝕性非常強、冒著黃色霧氣的液體，是濃鹽酸和濃硝酸按一定比例組成的混合物。要知道，濃鹽酸和濃硝酸都是腐蝕性非常強的液體，由它們組成的王水，那就更加厲害了。王水的名字正是由它超強的腐蝕性而來，大家千萬不要輕易接觸這種液體喔！

跟在邁克狐身後的猩猩太太瞇起眼仔細一瞧，立刻驚呼：

「這是黃金啊！」

邁克狐點點頭，「今天早上，我委託猩猩太太帶來了你平時用來清洗首飾的黃金水，也就是王水，然後做了實驗。只要在洗過黃金的王水裡加入一種東西，就能把被王水溶解的黃金提煉出來。」

鼴鼠女僕的眼神閃爍，「你在說什麼？我聽不懂。」

才說到一半，啾颯就從一旁竄出，從鼴鼠女僕剛剛挖出的土坑繼續往下挖，果然找到了鼴鼠女僕掩埋的小紙包。

邁克狐自信地打開紙包，裡頭是淡紅色的粉末。邁克狐質問道：「那麼，你又怎麼解釋這個？要是我沒說錯，只要藉由一定

的化學方法將銅粉放進王水，就能提煉出溶解的黃金。如此一來，你只要推說是按照猩猩太太的吩咐，就萬無一失了。鼴鼠女僕，想必你挖的洞裡，藏著很多黃金碎屑吧！」

邁克狐的話像連珠炮一樣劈里啪啦說了出來。沒等鼴鼠女僕反應過來，猩猩太太就從邁克狐身後跳出來。她氣憤得雙眼幾乎要冒出火焰，牙齒也咬得咯咯作響，憤怒地喊：「原——來——是——你——！」

鼴鼠女僕一步一步後退，兩隻爪子慌亂地在胸前擺動，結結巴巴地說：「猩……猩猩太太……您不能聽信這個偵探的一面之詞啊！」

還好豬警官及時趕到，阻止猩猩太太對鼴鼠女僕動粗。後來鼴鼠女僕坦承，這麼做只是想暗地裡貪點便宜，沒想到還是被發現了。猩猩太太也澈底反省，下定決心以後不再看那些道聽塗說的雜誌。

一個寂靜的夜晚，天上升起了一輪皎潔的月亮，柔白的月光灑向村莊。然而沒多久，月亮卻變成暗紅色。村裡一頭自稱大師的獼猴說，出現紅月亮是不祥之兆，村民必須花錢消災解厄。但邁克狐很快就戳破了獼猴大師的謊言。名偵探的助手們，你知道月亮為什麼會變成紅色嗎？

啾颯把解答這道謎題的線索藏在書中第 10 頁到第 40 頁之間的神祕數字裡。請你找到這些神祕數字，再使用書末的偵探密碼本，找出最後的答案吧！

07

失竊的零錢

巨大的鐵門高高聳立著，邁克狐和啾颯伸長脖子仰著頭，都看不到鐵門後面的風景。啾颯一個踉蹌，差點往後摔倒。

邁克狐拿著手中的委託函，仔細比對上面的地址，這裡的確是目的地——棕熊先生的家。

他按下門鈴，等了好久好久，大門終於嘎的一聲打開了。一開門，他們就看到了頂著兩團黑眼圈的棕熊先生。

棕熊先生難過地說：「邁克狐，你千萬要幫我找出竊賊啊！」

邁克狐點點頭，「放心，你找到了我，就已經邁出了找到真相的第一步。」

「按理來說，這種事最不應該發生在我身上！」棕熊先生帶邁克狐進門後，就喋喋不休地發起了牢騷，「今天一大早，我和平常一樣數著保險箱裡的錢。你猜發生了什麼事？老天，保險櫃裡居然少了八十八塊六毛五！多麼大的一筆錢啊！究竟是哪個喪盡天良的竊賊做出這樣的事？」

說完，棕熊先生的爪子使勁，像要洩憤似地把鑰匙重重轉了兩圈。

保險門開了，後面還有一道保險門。打開了一道保險門，接著又有下一道保險門……

過了整整半小時，邁克狐和啾颯才通過層層保險門，進入棕熊先生的別墅裡。

棕熊先生揮舞著爪子，又急又氣地回憶：「我很淺眠，稍微有點動靜，都會馬上醒來。可是昨天晚上，我什麼都沒聽到，還做了個美夢，夢見自己賺了好多好多錢。嘿嘿……然後……然後我一覺醒來，不僅夢裡的錢沒了，我自己的錢也沒了！哇——」

話一說完，棕熊先生的眼淚已經流成了兩道瀑布。

邁克狐皺著眉頭，仔細觀察周圍環境。臥室設置了三道門鎖，就連窗戶都裝設高密度的帶電防盜網，哪怕一隻蚊子也飛不

進來。而且，每天晚上都有貓頭鷹保全巡邏。

邁克狐又向棕熊先生請求檢查保險箱。

棕熊先生狐疑地看了邁克狐一眼。一旁的啾颯連忙高舉記錄線索的筆記本，提醒棕熊先生要配合調查。棕熊先生只好小心翼翼地將保險箱從幾個疊放的大箱子裡搬出來，然後不情願地交給邁克狐。

深灰色的保險箱表面透著均勻的光澤，沒有任何撬動的痕跡。上面的鎖也毫無損傷，如果不用鑰匙，很難開啟。

邁克狐問：「棕熊先生，請問你把保險箱的鑰匙放在哪裡呢？」

棕熊先生從衣領下抽出一把金色鑰匙，遞到邁克狐的面前，

「都戴在我身上。無論洗澡還是睡覺，我都不會拿下來，也不會讓它離開我的視線一步。」

邁克狐接過鑰匙，打開保險箱。嘩！轉瞬間，裡頭綻放出奪目的光彩。金幣和珍珠堆疊在一起，琳琅滿目，一點也不像失竊的樣子。

邁克狐仔細思考後，自言自語：「保險箱裡明明有這麼多值錢的物品，竊賊卻只偷走一些零錢。布下天羅地網，一切又完好無恙……」

棕熊先生著急地搓著爪子，「邁克狐先生，你有頭緒了嗎？」

邁克狐從口袋裡拿出一根棒棒糖放進嘴裡，「棕熊先生，竊賊恐怕不是從別墅外面進來的，看來，我還得向昨晚在別墅裡的

人問話。」

別墅上上下下也沒多少人，壁虎雜務工、野豬廚師、啄木鳥園丁和貓頭鷹保全很快就聚集了過來。

野豬廚師拱拱鼻子，先開了口：「哼哼，偵探先生，我們都是良好公民，在棕熊先生這裡工作很久了。昨天一整晚我都在睡覺，我們幾個是室友，沒發生什麼事啊。」

趴在野豬廚師身上的壁虎雜務工甩甩尾巴，啄木鳥園丁也晃著尖尖的喙，都表示同意。

一旁的貓頭鷹保全接著說：「是啊，我也是整晚都在崗位上，沒發現有人闖入。會不會是棕熊先生數錯了呢？」

聽貓頭鷹保全一問，棕熊先生氣得跳了起來，叫道：「不可能！我每天早晚都會各數三次，每一次都仔細記在帳簿上，怎麼可能會錯！」

邁克狐似乎很感興趣，「哦？棕熊先生，你可以讓我看看你的帳簿嗎？」

只見棕熊先生氣呼呼地挪動那圓滾滾的大屁股，拿來幾乎要翻爛了的帳簿，氣勢洶洶地摔在邁克狐面前。邁克狐翻開帳簿仔細讀過，一道靈光從腦海中閃過。他說：「我知道了！棕熊先生，我想案件已經有點眉目了。」

說完，他逕自走出了房門。

邁克狐拿出放大鏡，沿著牆根慢慢走，忽然停在棕熊先生臥室窗前。只見木質窗框上有個不起眼的小洞。邁克狐轉身露出了胸有成竹的微笑，「我找到了。這次的嫌犯，不只一個！」

棕熊先生瞪大了眼睛，「不只一個？這……這是怎麼回事？」

邁克狐攤開帳簿，大聲念了起來：「五月六日，貓頭鷹保全遲到一分鐘，扣薪水兩塊九毛八；五月十二日，野豬廚師，蔬菜損耗率上升百分之六，扣薪水一塊七毛六……我將這一百二十五條扣除的薪水紀錄相加，正好是八十八塊六毛五。」

頓時，一直不作聲的貓頭鷹保全、野豬廚師、壁虎雜務工和啄木鳥園丁的臉色變得很難看。

這時，啾颯從外面跑了進來。他啾啾啾地說著，遞給邁克狐一個小布包。邁克狐打開一看，裡面是一堆細碎的木屑。

邁克狐推了推金絲框眼鏡，將木屑和帳簿展示在他們面前，嚴厲地說：「看來，偷走零錢的犯人，應該就是你們吧？」

棕熊先生摸不著頭腦，他還不明白到底發生了什麼事。

個頭最大的野豬廚師咬咬牙，索性往地上一坐。「哼！說吧，說吧！沒錯，這件事是我們幾個做的。這都是因為……因為棕熊先生太小氣了！只因為一點小事就扣我們薪水。我們幾個都是老實人，不敢做壞事，只好……只好偷偷拿回被扣的那點薪水……」

棕熊先生正想發脾氣，邁克狐連忙攔住棕熊先生，示意野豬廚師說下去。

「所……所以，昨天晚上，我在棕熊先生的晚餐裡放了幾滴有助眠效果的薰衣草汁，讓他熟睡……」

啄木鳥園丁的視線移向木屑，小聲地說：「我……我趁棕熊先生不在的時候，偷偷從外面啄了一個不顯眼的小洞……」

壁虎雜務工也坦承：「我體型最小，所以由我從小洞裡鑽進臥室，偷走棕熊先生脖子上的鑰匙……」

貓頭鷹保全用翅膀撓撓腦袋，「我……我負責把風……」

棕熊先生一臉吃驚地聽完事件經過，立刻脹紅了臉。他完全

沒想到，自己僱用的員工居然聯合起來，繞了這麼大的圈子，只是為了拿回被扣的微薄薪水！還在大名鼎鼎的偵探面前被揭露這件事，實在是太丟臉了。

「哎呀，我……我知道錯了，你們也可以直接找我商量嘛。以後……以後我再也不會這麼小氣了。」棕熊先生紅著臉說。

08 真相只有一個

一大早，邁克狐就接到了來自豬警官的邀約電話。「哎呀，那就說好了！我已經找了大自然餐廳最好的公雞主廚，也訂好餐點了，這週末一塊去吧！」豬警官在電話那頭熱情說著。

掛斷電話後，邁克狐內心隱隱升起一股不安，在大自然餐廳似乎又要發生什麼不好的事。

夜裡，大自然餐廳結束了這天的營業，關上大門。

值班的烏鴉清潔員剛整理完大廳，拿著水桶和拖把朝後面廚房走去。整座偌大的大自然餐廳，此刻只剩下她了。窗外是餐廳的菜園，恰巧今晚路燈壞了，外頭一片漆黑，陰森森的。烏鴉清潔員有點害怕，哼起了歌壯膽：「哼哼哼——我是勤勞的小烏鴉——哼哼哼——我是能幹的小烏鴉……」

不知不覺，她來到了廚房門口。廚房的門虛掩著，昏黃的燈光從門縫流瀉出來。忽然間，一陣爭吵聲隨著玻璃破碎的聲響傳了出來：

「喔喔喔——雲貓，你怎麼這麼笨？今天明明都告訴你了……」

「公雞主廚，您聽我說……」

烏鴉清潔員豎起耳朵，心想：「這不是公雞主廚和雲貓二廚的聲音嗎？這麼晚了，他們怎麼還沒下班，在裡面吵什麼呢？」由於距離有點遠，聲音忽大忽小聽不清楚，好奇心驅使著烏鴉清潔員躡手躡腳走上前，她將頭湊近門縫，往裡窺看，卻像是看到難以置信的場景般，突然瞪大雙眼。「咚」一聲，水桶掉在地上。

烏鴉清潔員驚呼一聲，暈了過去。

邁克狐趕到的時候，豬警官正在維護秩序，看到邁克狐時只能努力地轉過頭說：「真不好意思啊，邁克狐，本來想請你吃飯，卻又發生了這種事。喂，別再往前湊熱鬧了，都給我離開！」

踏進案發現場，邁克狐立刻拿出放大鏡，熟練地蹲下身觀

察。他伸出手朝豬警官揮了揮，毫不介意地說：「沒什麼，這次是案件主動找到了我，那麼就讓我邁出找到真相的第一步吧。」

擠在大自然餐廳門口看熱鬧的客人，被豬警官瞪了幾眼，便悻悻然散去，嘴裡小聲嘟囔：「天啊，公雞主廚居然死了！」「失去了最厲害的公雞主廚，大自然餐廳得關門了吧。」

原來，就在今天一大早，大自然餐廳的公雞主廚被發現死在廚房裡，廚房外還躺著暈厥的烏鴉清潔員。大家趕緊報警，並把烏鴉清潔員送往格蘭島醫院。

邁克狐環顧四周，砧板和刀具都在流理臺上，看起來還沒來得及收拾。地上散落著幾顆洋蔥和花生。公雞主廚的致命傷在身體的左後側，邁克狐湊近一看，是一道鋒利的爪痕。地面上有

幾個梅花形狀的血腳印，一直延伸到窗外。

邁克狐走近窗邊，往外看出去，窗戶正對著大自然餐廳自給自足的菜園。他翻身一躍，跳了出去，發現地面的泥土上印著相同的梅花形腳印。

所有痕跡都匆忙又明顯，邁克狐摸了摸下巴，低聲說道：

「看來不是一起預謀案件。」

豬警官蹲下身，直盯著腳印看，又伸出自己的蹄子比對，一臉懷疑推測，「哼哼，看這個形狀，哎呀，是不是貓啊？」

邁克狐點點頭，指著不遠處壞掉的路燈，「是的，根據早班員工的證詞，這裡的路燈壞掉了，也就是說，案發時室外沒有任何照明，凶手能在這樣的情況下順利逃跑，顯然夜視能力很強。

再綜合爪痕和腳印等線索判斷，應該是貓科動物所為。」

這時，大自然餐廳的梅花鹿經理開口了：「貓科動物？整座大自然餐廳唯一的貓科動物，就是公雞主廚的徒弟雲貓二廚。可是，雲貓二廚跟著公雞主廚很多年，勤勞本分，看起來膽小老實，不像是會做出這種事的人。」

邁克狐的金絲框眼鏡反射出一道光芒，他眉頭一皺，「哦？既然如此，我們就去拜訪這位膽小老實的雲貓二廚吧。」

一群人隨後來到了雲貓家。

咚咚咚的切菜聲從屋內傳了出來。豬警官上前敲門。刀聲停下，沒多久，門就打開了。只見雲貓二廚捲起袖子，右手還拿著一把小菜刀。他抹了抹額頭上的汗，疑惑地問：

「豬警官？我剛要練習切菜，就聽到了敲門聲。發生什麼事了嗎？」豬警官正打算上前將他視為嫌犯逮捕，邁克狐卻伸手擋住豬警官，悄悄搖了搖頭。

邁克狐走上前，笑著說：「大自然餐廳遭了小偷，雖然你今天輪休，還是希望你配合我們回答幾個問題，讓我們多獲得一些訊息，也好排除你的嫌疑。」

雲貓二廚的眼神閃過一絲疑慮，卻仍請眾人進屋。他為邁克狐一行人倒了水。邁克狐接過後說：「謝謝，我們只是例行問話，你可以繼續做自己的事。」

於是，雲貓二廚回到流理臺前，繼續切著面前的青菜。他左手壓住菜梗，右手拿菜刀，一下、一下，切得很小心。

這一切，邁克狐都看在眼裡。突然間，他的腦海中閃過公雞主廚身後左側的那道致命傷。

邁克狐心想：「不對，殺害公雞主廚的凶手不是雲貓。至少，不是眼前這一個。」

一時間，屋內陷入沉默，只聽見咚咚咚的切菜聲。

突然間，啾颯急切的聲音從門外傳來。

「啾啾啾！啾啾！」

啾颯捧著一疊資料衝到邁克狐面前，然後手舞足蹈一邊比畫，一邊啾啾啾報告著搜集來的情報。

邁克狐聽完啾颯的報告，立刻皺起眉頭，緊盯著面前的雲貓二廚。

豬警官湊了過來，「邁克狐，啾颯究竟說了什麼？」

邁克狐一邊盯著雲貓幫廚，一邊緩緩開口：「大自然餐廳並不是遭小偷，而是公雞主廚在廚房裡被殺害了。唯一可能的目擊者烏鴉清潔員，因為過度驚嚇進了醫院。而剛剛醫院傳來消息，清醒過來的烏鴉清潔員說，凶手就是你，雲貓二廚。」

始終沒抬頭的雲貓二廚停下手中的刀。

豬警官聽完邁克狐的話，像是已經準備很久似的，迅速跑到雲貓二廚面前，一把奪下他手中的菜刀，並且拿出手銬準備逮捕。奇怪的是，雲貓二廚不僅沒有反抗，似乎也不打算辯解。

就在這時，邁克狐接著說：「但我認為，你並不是真凶。」

豬警官整個人愣住了，困惑地問：「邁……邁克狐，你這是什麼意思？目擊者烏鴉清潔員都說了，凶手就是雲貓二廚！」

邁克狐從背心的暗袋裡拿出一根棒棒糖，放進嘴裡。他走近面無表情的雲貓幫廚，不疾不徐說出自己的推理：「公雞主廚的傷口在身體左後方，也就是說，凶手和他對峙的時候，肯定是從後面動手，而且凶手慣用左手。」

聽到這裡，雲貓二廚的身體一震，開始顫抖。

邁克狐接著說：「可是剛才進門時，我觀察到，你切菜的慣用手是右手。而且，你切菜的刀法非常生疏，不像是長年從事廚師工作的人。那麼，究竟是什麼樣的人，除了生活習慣以外，和真正的雲貓二廚長得一模一樣——」

「什麼慣用手……什麼一模一樣……別瞎猜了！」雲貓二廚

的聲音顫抖著，他主動伸出雙手，「是我做的。我跟著公雞主廚學習很多年，但一直以來，他總是對我很傲慢，也看不起我，動不動就出言謾罵。我總是忍氣吞聲，不敢發怒，直到昨天晚上，我實在受不了，衝動之下就出爪了，沒想到他居然死了，我很害怕，才慌慌張張逃跑。這就是整件事的經過，我認罪，你們逮捕我吧。」

雲貓幫廚的聲音變得哽咽。

邁克狐聽了這番話後，依舊不動聲色，隨即湊到啾颯的耳邊，小聲叮囑了幾句。啾颯點點頭後離開。邁克狐對雲貓二廚拋出了一個問題：「那麼雲貓先生，請問，你是從哪道門逃走？」

他微微張嘴，猶豫著說：「後……後門……不對！總之……

總之就是從廚房逃走了。」

邁克狐自信地笑了，又一口氣拋出幾個問題：「餐廳廚房有多大？昨天的主菜是什麼？豬警官向公雞主廚預訂的餐點又是什麼？」

「這……這……我……我記不得了……」雲貓顯然不知道這些問題的答案，支支吾吾，半天也答不出來。

邁克狐推了推單邊金絲框眼鏡，語重心長地說：「你在說謊，雲貓先生。對於大自然餐廳的廚房格局，以及二廚相關工作，你其實一點也不清楚。還有……」邁克狐從口袋裡拿出了大自然餐廳的值班表，「今天，並不是雲貓二廚的輪休日。」

這時，門外又傳來一陣喧囂聲。只見啾颯帶著烏鴉清潔員出

啾颯偵探筆記

事件：公雞主廚在廚房裡遭到殺害

地點：雲貓幫廚的家

已知線索：

1. 案發現場有幾個__________形狀的血腳印。

2. 公雞主廚的致命傷在__________，說明凶手是從__________動手，習慣用__________手。

3. 雲貓幫廚切菜的時候，__________壓住菜梗，__________拿菜刀，切得很__________。

4. 雲貓幫廚對餐廳的格局、餐廳的菜色__________。

看著這些線索，啾颯的腦袋裡亂成一團。小偵探你有什麼想法？

在這裡寫下你的猜測吧：

現在眾人面前。

邁克狐露出了自信的微笑，他問烏鴉清潔員：「聽說烏鴉能夠記住每張見過的臉。麻煩您看一下，面前的這位雲貓先生，是不是大自然餐廳的雲貓二廚。」

烏鴉清潔員仔細端詳面前的雲貓，然後怯生生地說：「乍看之下幾乎一樣，可是……雲貓二廚左臉上的斑紋，似乎比這位要來得小。」

邁克狐點點頭，看向雲貓，「假如我沒猜錯，雲貓不只一隻，但真相只有一個。真正的凶手是你的雙胞胎兄弟，對吧？」接著，他故意提高音量，「不承認也沒關係，就算你不是真正的凶手，我們還是可以把你視為共犯——」

「慢著！」

突然間，後門傳來了聲音，眾人朝聲音的方向看去，只見一個和眼前遭到逮捕的嫌犯長得一模一樣的人，出現在他們面前。

「我認罪，但這件事和我哥無關，你們放了他！」

真正的雲貓幫廚出現了！他低下頭，一五一十還原了真相。

原來，昨天晚上雲貓弟弟，也就是真正的雲貓二廚與公雞主廚吵架後，怒火中燒的他一時失去理智。當他終於清醒過來，公雞主廚已經倒在廚房的地板上。害怕的雲貓幫廚連忙跑回家，全身顫抖地跟雙胞胎哥哥坦白這一切。

「哥……我做錯事了，我忍了好久，努力想把每件事做好，但他還是對我這麼壞。於是我就……我……再也忍不住就動手了……」

「怎麼會這樣！再努力一點你就能當上主廚了，這不是你一直以來的夢想嗎？我的傻弟弟！」雲貓哥哥心急如焚，在家裡來回踱步。最後，他毅然決然地說：「這樣吧，一切由哥哥來扛，你就帶著一身的好廚藝，逃去別的地方，再也不要回來。之後一定要重新做人，好好生活，知道嗎？」

但是，看到哥哥即將被警察帶走時，藏在後門的雲貓弟弟實在忍不住，便衝了出來。

看到弟弟現身，雲貓哥哥無奈地長嘆一聲：「弟弟，你為什麼要出來……」

雲貓弟弟眼中含著淚水，明亮的大眼睛真誠地看著哥哥，

科學小站

烏鴉的記憶力

烏鴉是鴉科、鴉屬中數種黑色鳥類的俗稱。根據實驗與調查結果顯示，烏鴉可說是最聰明的鳥類之一，這是因為與其他鳥類相比，烏鴉的腦細胞更豐富、腦容量更大。牠們不僅擁有極佳的記憶力，幾乎能記住見過的每一張臉，還能使用和製作工具。所以，千萬不要得罪烏鴉，不然可是會被牠記住喔！

「哥，我想通了，是我自己做錯事，就應該由我自己接受懲罰。你是無辜的，我不能害了你！否則我哪有資格當你弟弟！」

他走到豬警官面前，伸出手，「豬警官，是我做的，與我哥哥無關，把我帶走吧，我願意接受一切懲罰。」

豬警官將雲貓弟弟帶回格蘭島警察局接受進一步調查。圍在雲貓家的人群漸漸散去，一切歸於平靜。只剩雲貓哥哥坐在家門口，望著弟弟被帶走的方向，默默流淚。

「擦一擦吧。」邁克狐坐在雲貓哥哥旁邊，掏出一塊手帕遞給他。

過了許久，邁克狐問他：「我找出真相，卻將你弟弟送進了監獄，你會因此怨恨我嗎？」

雲貓哥哥轉過頭，略顯詫異地望著邁克狐，「我怎麼會怨恨你，這一切跟你無關，你只是做了正確的事。是我……是我沒有保護好弟弟……」

「你有沒有想過，」邁克狐嚴肅地問：「如果你代替弟弟進了監獄，他在外面會過得好嗎？他會因此高興嗎？」

「我……我只是……」

「我看得出來，你們兄弟倆感情很好，我想就算是你待在監獄，他的心也會跟你同在吧。」說完，邁克狐站起身，和啾颯一起踏上回家的路。

他們沒走幾步，就聽見雲貓哥哥的聲音從身後傳來：「邁克狐，謝謝你——」

邁克狐沒有轉身，只是舉起手揮了揮，以示告別，留下了豔陽下帥氣的背影。

09 邁克狐是凶手？

一道白色閃電劃過山羊莊園廚房的屋簷，發出「卡嚓」一聲巨響。邁克狐瞪大雙眼，櫥櫃邊一團小小的黑影映入眼簾。

只見那團影子挺著圓鼓鼓的肚皮，躺在滿地的碎盤子上，長長的尾巴也縮了起來，時不時抖動著。漸漸地，那身影就沒了動靜。邁克狐小心地往前走了兩步，仔細一看，躺在地上的正是……

「啊——負鼠太太！我的天啊，這是怎麼回事？」

山羊莊園主人的聲音從身後傳來，昏暗的廚房馬上亮起了一盞明晃晃的燈。一群人圍了上來，一臉吃驚地看著眼前的一切。

莊園裡的女僕——負鼠太太——居然死了！

這究竟是怎麼回事？

讓我們把時間倒回一小時前。

黑漆漆的天空密布厚厚的烏雲，雨點吧嗒吧嗒打在邁克狐的大黑傘上。他聞了聞空氣裡的雨水味，忍不住皺起眉頭。

「哦，神探先生，歡迎歡迎，山羊先生等你很久了！宴會馬上就開始。」

原來，這天晚上，邁克狐接受山羊莊園主人的邀請，來到他的私人晚宴。只是沒想到路上突然下起傾盆大雨。

邁克狐收起傘，抖了抖風衣上的雨水，然後脫下風衣，掛在手臂上，和啾颯一起踏進這座華麗的大廳。大廳雖然華麗，卻也透著古怪的氛圍，偌大的莊園中只點了寥寥幾盞燈。要不是有人引路，邁克狐還以為自己闖入了一座無人莊園。

啾颯警覺地翹起了尾巴，緊貼著邁克狐，小心翼翼觀察周遭環境。

剛進入大廳，他們就看到一束暖黃色的燈光下，山羊莊園主人正和晚宴嘉賓狼警官、公牛警官相談甚歡。邁克狐和狼警官、公牛警官交換了眼神，點頭致意。

見到邁克狐來了，山羊莊園主人連忙推了推鼻梁上那副小小圓圓的眼鏡，笑咪咪向邁克狐打招呼：「咩，邁克狐先生，快請坐。」

緊接著，他像變了個人似地對一旁正要再點一盞燈的管家大聲喝斥：「你要做什麼？已經夠亮了，看得見！電難道不要錢嗎？」

說完，他又變回了笑咪咪的表情，「邁克狐先生？」

邁克狐抽動了一下嘴角，禮貌地回以微笑，心想這位山羊莊園主人變臉的速度簡直比變天還快。啾颯則哼了一聲，轉過頭，不滿地啾啾叫了兩聲，他這是在抱怨山羊莊園主人真是個古怪的小氣鬼。

隨著音樂聲響起，晚宴正式開始。邁克狐徘徊在擺放各式甜點的長桌前，精心挑選了一個點綴著糖漬櫻桃的巧克力蛋糕，正打算放進嘴裡好好品嚐。突然間，他的金絲框眼鏡閃過一道白光。不遠處，一個小小的黑影正溜過大廳，在昏暗的燈光下毫不起眼。

邁克狐環顧四周，身旁的人似乎都沒察覺這個黑影。外面依舊下著大雨，他低聲嘆了口氣，「果然是我最討厭的下雨天，看來又要發生不好的事了。唉，可惜了這塊小蛋糕。」

他放下小蛋糕，起身向山羊莊園主人鞠躬，「山羊先生，我去趟洗手間。」

說完，邁克狐就從後門離開。他一走出後門，銳利的眼神就鎖定在那道一瞬而過的黑影上。黑影「唰」的從邁克狐的眼前跳過，直直跑向不遠處的莊園廚房。邁克狐跟了上去，將耳朵貼在門縫上，只聽見「卡嚓卡嚓」「嘎吱嘎吱」的聲響從廚房裡傳了出來。

邁克狐砰的一下開了門，啪嚓啪嚓，一碟碟盤子從高高的櫥櫃裡摔在地板上，碎成一片一片。

緊接著，就是故事開頭那樣，山羊莊園主人聽到動靜趕過來，見到了可怕的一幕。

山羊莊園主人瞪大眼睛，指向邁克狐的手還微微顫抖，結巴著問：「邁……邁克狐，你為什麼要殺害負鼠太太？」

啾颯第一個衝上來，擋在邁克狐的面前。「啾啾！啾啾啾！啾！（不可能！）」啾颯當然不相信邁克狐會做出這種事，於是

努力替他辯護。可是誰也聽不懂啾颯那摻雜著大量啾啾語的話，大家一起上前，一把將啾颯拉開。

負責此轄區的公牛警官摸摸下巴，苦惱地說：「這件事發生得太突然，雖然我相信不是你做的，但你是唯一在案發現場的人，所以只能麻煩你跟我走一趟。」

邁克狐低下頭，鏡片又閃過一道白光，他清楚看到了，不遠處竄過了一團小小的黑影。

他微微一笑，抬頭說道：「好的，我接受調查。不過……」

他指了指躺在地上的負鼠太太，「請允許我和負鼠太太共處一晚，我需要證明自己的清白。」

公牛警官走到邁克狐面前，在他的手腕上銬上了銀色手銬，然後拍拍他的肩膀，「按照規定，你只有一個晚上的時間，所以請加油吧。」

山羊莊園主人也「慷慨」地將地下室提供給邁克狐使用。地下室四面都是冷冰冰的石牆，只有一扇木門通往走廊。當然，地下室一片空蕩蕩，連邁克狐坐的木板小床都是特地搬下來的。他坐在硬邦邦的小床上，盯著面前的負鼠太太陷入長長的思考。

此時，負鼠太太身上開始散發出一股濃濃的臭味，顯然已死去一段時間。可是這麼大的莊園，到處都是警衛，究竟誰有機會殺害負鼠太太呢？

邁克狐從背心暗袋裡掏出一根棒棒糖，放進嘴裡，然後躺在木板小床上，閉上了眼睛。

過了一會兒，邁克狐的呼吸變得平穩，彷彿已經進入夢鄉。

突然間，從大門方向傳來一陣窸窸窣窣的聲響，邁克狐悄悄抬起眼皮，看見一隻毛茸茸的小傢伙正努力從門縫擠進來。因為太過用力，小傢伙絆了一下，咕嚕咕嚕滾到了邁克狐的面前。

邁克狐這下看清楚了，偷偷溜進來的是一隻小負鼠！他連忙閉上眼睛裝睡。

小負鼠躡手躡腳來到邁克狐面前，伸出灰色的小爪子碰了碰邁克狐的鼻子。確認邁克狐睡著之後，他轉過身，朝負鼠太太呼喚：「媽媽，我來找你了，趁著大偵探熟睡，我們趕快逃走吧。」

邁克狐閉著眼，露出了自信的微笑，心想：「負鼠太太果然是裝死。」

就在小負鼠打算從邁克狐面前跳去負鼠太太的身邊時，邁克狐冷不防伸手壓住小負鼠的尾巴，「你是誰？這麼晚了，你溜進來做什麼？」

「啊！」小負鼠驚訝地扭過腦袋，迎面就是邁克狐明亮的雙眼，他拚命揮著爪子，想要掙脫。「放開……放開我！」

但邁克狐絲毫沒有鬆手的意思，他將小負鼠往自己的方向拉近了一點，故意放大音量，「哦，我知道了，你才是傷害負鼠太太的凶手，對吧？你覺得心虛了，才想來看看情況？」

「我才不是凶手！她是我媽媽，我才不會傷害她！」小負鼠委屈地鼓起臉頰反駁。

就在這時，倒在地上的負鼠太太突然起身，拱起了身子，尾

巴翹得老高，露出一副凶惡的表情。

她朝邁克狐大喊：「放開我的孩子！」

霎時，地下室的燈「唰唰唰」全亮了起來，門口一下子擠滿了莊園裡的人。

山羊莊園主人指著負鼠太太，話都說不清楚，「你怎麼……你居然……」

狼警官、公牛警官也驚訝不已。「難怪啾颯那麼著急地帶我們過來。這究竟是怎麼回事？」

原來，邁克狐已經猜到了後續的發展，所以提前囑咐啾颯，要他一聽到動靜就帶所有人過來。

邁克狐輕輕坐回木板小床，對負鼠太太說：「負鼠太太，請

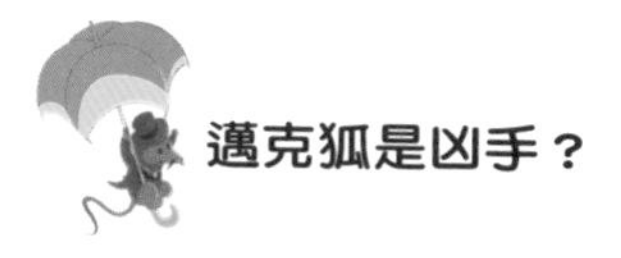

向大家說明發生了什麼事吧。」

負鼠太太將小負鼠摟進懷裡，垂下頭低聲說道：「我在山羊莊園工作了好多年，但是山羊先生很吝嗇，一直以來我只拿到相當微薄的薪水。最近天氣變冷了，我卻連過冬的糧食都儲備不夠，而且家裡又多了許多孩子。迫不得已，我只好帶最大的孩子來廚房，想要偷一點食物，沒想到……邁克狐先生也在……」

邁克狐接過啾颯遞過來的風衣，快速披在肩上，耐心地接著問：「那麼，為什麼我一見到你，你卻是死去的模樣呢？」

負鼠太太的眼淚都快要流出來了，「那……那是我們負鼠的天性，一旦遇到危險，就裝死來迷惑敵人。我太害怕了……所以才……希望你們不要傷害我的孩子，要抓就抓我吧！嗚……」

小負鼠也露出害怕的神情，怯生生地往負鼠太太肚子上的袋子裡鑽。

看到負鼠太太母子抱在一起的模樣，山羊莊園主人忍不住嘆了口氣：「哎……我……我也不是故意這麼小氣，你們有需要幫忙，可以告訴我啊……」

此時天已經完全亮了，雨後的陽光從窗戶照進來，所有謎團都順利解決。負鼠太太一臉歉疚地對邁克狐說：「邁克狐先生，真對不起，還讓你被誤會。」

邁克狐戴上他的貝雷帽，朝負鼠太太點點頭，微笑著說：「沒關係，不必擔心我。因為，任何犯罪都逃不過我的眼睛。」

科學小站

負鼠

負鼠是一類長得像老鼠的有袋類哺乳動物，負鼠寶寶會讓負鼠媽媽背著自己移動，因此得名「負鼠」。當然，長大後，負鼠寶寶很快就能獨立活動。負鼠有個特殊技能，那就是裝死。遇到危險時，牠們會立刻躺在地上，呼吸、心跳急速降低變慢，如同死亡，身體不停劇烈抖動，露出痛苦的表情。要是這樣騙不過敵人，還會從肛門旁的臭腺排出一種非常臭的黃色液體，這種液體能使敵人相信牠們已經死去，並且腐爛。負鼠可藉此逃過一劫。

偵探
小劇場
偵探套裝
標誌性的貝雷帽和
格紋風衣！
神探邁克狐無論走到哪裡
都穿著他的偵探套裝。
邁克狐，你從不
換衣服嗎啾？
看來是時候告訴你
真相了……
緊張
不愧是神探邁克
狐啾……

偵探密碼本

邁克狐的偵探事務所裡，有一份珍藏的密碼本。當偵探的小助手們在書中遇到謎題時，可以根據謎題中留下的數字線索，透過密碼本將數字轉化為英文字母。不過，其中有個英文字母是多餘的，去掉它才能組成正確的單詞喲。快來和啾颯一起，成為邁克狐的得力助手吧，啾啾啾！

	1	2	3	4	5	6
1	I	G	D	Q	G	M
2	P	B	O	N	C	S
3	H	Z	J	E	Y	W
4	O	G	D	T	F	L
5	R	S	A	S	X	G
6	A	V	U	W	F	K

密碼本使用方法：每組數字的第一位表示字母在第幾排，第二位表示在第幾列。例如數字 32 表示在第 3 排第 2 列，字母為 Z。

偵探密碼本解答

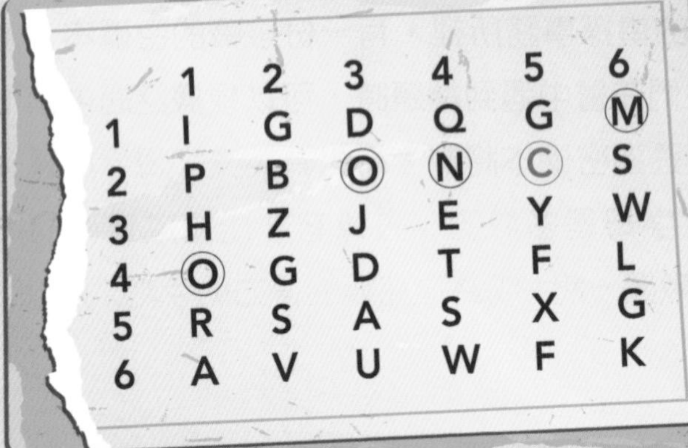

	1	2	3	4	5	6
1	I	G	D	Q	G	M
2	P	B	O	N	C	S
3	H	Z	J	E	Y	W
4	O	G	D	T	F	L
5	R	S	A	S	X	G
6	A	V	U	W	F	K

書中數字：16、23、25、41、24

（紅色數字為干擾項目，需去掉紅色數字對應的字母，才能得到真正的答案）

答案：moon（月亮）

紅色的月亮其實是一種正常的天文現象，邁克狐輕易就揭穿了獼猴大師的謊言。當月亮剛剛升起或即將落下時，正好位於地平線附近，地平線附近的大氣對月光有折射作用，而這種折射作用對波長最長的紅光作用最為明顯，所以這時我們會看見紅色的月亮。剛剛升起或即將落下的太陽之所以是紅色的，也是出於同樣的道理。獼猴大師利用人們的無知，以迷信來欺騙眾人。但只要我們秉持科學的精神，就不會輕易被騙。

成語解密

書裡的成語你都找到了嗎？

到底這些成語是什麼意思呢？

成語	解釋
五顏六色	形容色彩繁多。
凶神惡煞	比喻非常凶惡的人。
驚魂未定	受驚嚇後心情還沒有平靜下來。
居高臨下	在高處可向下俯視。或比喻處於有利的地位。
喃喃自語	連續不斷地對自己輕聲說話。
迷迷糊糊	不仔細，混亂不清。
一言不發	一句話也不說。
支支吾吾	言語含混不清，搪塞敷衍。
於事無補	對事情沒有幫助。
氣勢洶洶	形容盛怒時，氣勢凶猛的樣子。
獨一無二	比喻最突出或極少見，沒有可類比或相同的。
盡忠職守	竭盡忠誠，堅守崗位。
震耳欲聾	形容聲音很大，幾乎要將耳朵震聾。

成語	解釋
夜深人靜	深夜裡沒有人聲，非常安靜。
千鈞一髮	比喻情況非常危險。
失魂落魄	形容心神不定、行動失常的樣子。
不由自主	表示無法控制自己。
不堪設想	無法想像。預料事情會發展到很壞的地步。
生機盎然	充滿活力。形容生命力旺盛的樣子。
接二連三	一個接一個，連續不斷。
人心惶惶	形容人心動搖，驚恐不安的樣子。
心有餘悸	危險的事雖然過去了，回想起來仍感到害怕。
強詞奪理	明明沒有道理卻強加狡辯。
火冒三丈	形容十分生氣、憤怒的樣子。
來龍去脈	比喻事情發展的前因後果。

成語	解釋
萬無一失	意指非常有把握，絕對不會出差錯。
一面之詞	單方面或只是部分的理由、說詞。
邪門歪道	不正當的行徑或事情。
喋喋不休	形容話多，沒完沒了。
喪盡天良	形容泯滅人性，極為惡毒。
胸有成竹	比喻做事前已有全面設想和成功的把握。
天羅地網	比喻防範極為嚴密，無法逃脫。
自給自足	生產和消費維持平衡，獨立營生，不必仰賴他人。
忍氣吞聲	受了氣勉強忍耐，不敢發作。
毅然決然	形容態度堅決，毫不猶豫退縮。
傾盆大雨	形容雨勢又大又急。

國家圖書館出版品預行編目 (CIP) 資料

神探邁克狐 / 多多羅著 . -- 初版 . -- 臺北市 : 晴好出版事業有限公司出版 ; 新北市 : 遠足文化事業股份有限公司發行 , 2024.03-

冊 ;　14.8×21 公分 . -- (Y ; 8-)

ISBN 978-626-7396-48-3 (第 3 冊 : 平裝)

859.6　　113001184

Y103

神探邁克狐

黃金水的祕密③　千面怪盜篇

作　　者｜多多羅
繪　　者｜心傳奇工作室
審　　訂｜李曼韻
責任編輯｜鍾宜君
協力編輯｜周奕君
封面設計｜FE 工作室
內文設計｜簡單瑛設
校　　對｜呂佳真

出　　版｜晴好出版事業有限公司
總 編 輯｜黃文慧
副總編輯｜鍾宜君
行銷企畫｜胡雯琳、吳孟蓉
地　　址｜104027 台北市中山區中山北路三段 36 巷 10 號 4 樓
網　　址｜https://www.facebook.com/QinghaoBook
電子信箱｜Qinghaobook@gmail.com
電　　話｜（02）2516-6892　　傳　　真｜（02）2516-6891

發　　行｜遠足文化事業股份有限公司（讀書共和國出版集團）
地　　址｜231023 新北市新店區民權路 108-2 號 9 樓
電　　話｜（02）2218-1417　　傳　　真｜（02）2218-1142
電子信箱｜service@bookrep.com.tw
郵政帳號｜19504465（戶名：遠足文化事業股份有限公司）
客服電話｜0800-221-029　　團體訂購｜02-22181717 分機 1124
網　　址｜www.bookrep.com.tw
法律顧問｜華洋法律事務所／蘇文生律師
印　　製｜凱林印刷
初版 3 刷｜2024 年 8 月
定　　價｜300 元
I S B N｜978-626-7396-48-3 (平裝)